鬼物語

オニモノガタリ

西尾維新
NISIOISIN

BOOK & BOX ORIGINAL DESIGN by VEIA

第忍話 忍・時光

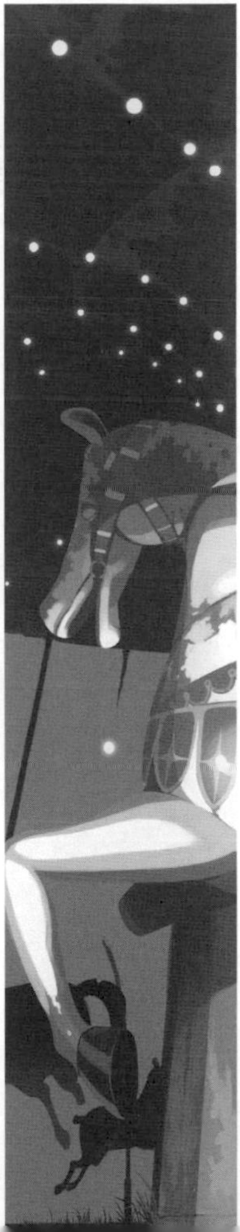

BOOK&BOX DESIGN
VEIA

ILLUSTRATION
VOFAN

第忍話 忍・時光

OSHINO SHINOBU

001

我們已經對忍野忍這個名字耳熟能詳，聽到也不會特別高興，反過來說，是我不會覺得突兀，平穩位居心中的名字。對她來說，她原本的名字姬絲秀忒・雅賽蘿拉莉昂・刃下心，甚至已經成為過去的東西吧。

過去。

往昔。

已經結束的事。

或者是……沒發生的事。

甚至不確定是否存在過的事。

是像這樣隨著回憶述說的某些事，坦白說，也是和現在的她毫無關係的事。

無關。

不用說，過去的自己和現在的自己不只是有所差距，甚至是判若兩人，是完全不同於自我厭惡，令自己嫌棄的對象。我也一樣，包括春假的我、黃金週的我、上樓的我、母親節的我、騎腳踏車的我、上課的我，都是別人。

是別人、他人、陌生人。

並不是要逃避責任。更不是想否定當時的自己。

我覺得當時的我，以當時來說算是表現得很好。盡全力做到所有能做的事。

不過，當時的「全力」，和我現在認定的「全力」不同。現在的我應該會在當時的各種狀況，依照當時的各種信念，採取不同的行動。

即使如此，我最後還是會拯救吸血鬼。

即使如此，我最後還是會被貓襲擊。

即使如此，我最後還是會接住戰場原。

我在當時的各種狀況，肯定會依照當時的想法，做出這些行為。

無論這種做法是對是錯，通往這些結果的路多不可數。極端來說，要從無數的道路選擇哪一條，端看我當時心血來潮。

忍是現在的忍。

不是別的忍，是現在的忍。

傳說的吸血鬼，鐵血、熱血、冷血的吸血鬼——姬絲秀忒．雅賽蘿拉莉昂．刃下心拋棄名字與外型，成為現在的忍。這個事實是我最大的救贖，卻堪稱是她當時心血來潮的成果。

這樣的心血來潮實在窩心。

她看起來是幼女，卻比我這個十八歲的孩子年長許多，歷經五世紀以上的漫長人生，或許出乎意料在這方面頗為貼心。不對，或許不是貼心，始終只是心血來潮。

她這樣的心血來潮，曾經在四百年前造成何種風波，就在這一集向各位述說吧。她四百年前在這個國家遭遇什麼狀況、做出什麼事——本集就是這樣的故事。

忍野忍。

這是回溯她時間軸的故事。

將忍的時鐘往回撥。

然而當然不只是述說，這段往事在某方面影響到現代，我照例因而拯救或得救，有所建樹或一事無成，總之在這方面，希望各位閱讀之後多加思索。

我——阿良良木曆也一樣。

一邊回憶那個傢伙的事，一邊述說吧。

002

前情提要。

我——阿良良木曆，和搭檔的吸血鬼——忍野忍一同經歷老生常談的時光旅行，沒能成功改變歷史，垂頭喪氣地回到現代。完。

總之，詳情請參照上上集《傾物語》。我很想這麼說，但也可以不用參照。雖然剛才說「我很想這麼說」，但我不想這麼說。老實說，我個人希望各位別參照那段失敗經驗談，這種自曝其短的興趣差勁透頂。

不過，那場時光旅行姑且是基於我自己挺感動的理由，也就是想讓十一年前過世成為幽靈，在這座城鎮不斷徘徊的好友——八九寺真宵復活，希望她別因為車禍就失去短短十歲的幼小生命。為了我的名譽（真是小心眼），我很想闡明自己這種防患於未然的行為。總之，當我垂頭喪氣慘敗而歸，直接詢問她的意願卻發現……

「我並不想復活。自以為是的阿良良木哥哥，你做白工了，呀哈！」

由於她數落得這麼慘（實際沒這麼慘），所以我的所作所為，用掉高中生活最後一次寶貴暑假的最後一天（正確來說是第二學期開學典禮當天）進行的盛夏大冒險，只能形容為毫無意義，變成「你為什麼為這種事用掉一本小說的篇幅？你是笨蛋嗎？去死吧？啊啊你是半個吸血鬼，是不死之身所以不會死，真是沒救了」的感覺。

所以各位別看《傾物語》喔！

絕對別看喔！

這可不是假話喔！

……總之就這樣，我正在和當事人幽靈少女，一言以蔽之就是問題兒童——八九寺真宵一起走路返家。

穿越時光改變歷史失敗而回到現代時，開學典禮已經開始（順帶一提，現在的正確時間是八月二十一日週二下午一點多），我的心情處於「啊～新學期第一天就蹺課了，這麼說來，我到最後完全沒寫暑假作業，這樣會分別被戰場原與羽川殺兩次吧，真期待！」這樣的亢奮狀態（喔耶～），但是不提這個，我得將背包還給八九寺。

這方面的細節不足以在這裡述說，而且我經歷時光旅行，在過去與未來，將時間用在八九寺所說的「做白工」（就說她沒這麼說了），所以我自己覺得背包事件是很久以前的事。但是從時間軸來看，幽靈少女八九寺是在昨天八月二十日來我房間玩，並且將背包忘在我房間。

詳情應該參照哪裡？唔～記得是《化物語動畫完美導讀書》？

那本書好像刊載當時事件的極短篇……慢著，等一下，這麼一來，那就是動畫版的事件，對我們來說應該是平行世界發生的事？

平行世界。

好討厭的詞……

總之無論如何，那本書已經沒在世間流通……天啊，動畫業界好嚴苛。

明明以為相當蔚為風潮，卻在轉眼之間被淘汰。

這種世代交替的速度，以業界來說堪稱健康……總之暫且不提。

我摩拳擦掌要改變過去的時候，八九寺正在鎮上閒晃，想從我家取回背包。

我覺得她用不著到處閒晃找我大半天，只要正常等到放學時間，在家門前等我回家就好。但我如此詢問時，八九寺回答：

「阿良良木哥哥翻遍背包還得了！只是翻遍還好，要是用背包布料做出這種事或那種事，我想到就想吐！不會這麼做？嗯，或許不會，但是時間足以這麼做，光是這個事實我就無法原諒！」

就是這樣。

她絲毫不信任我。應該說討厭我。

總之，被年幼少女視為蛇蠍厭惡，這種罕見經驗本身出乎意料是值得欣喜的事，所以我不在乎逆來順受。不提這個，我還是得還她背包。

因此，我從進行時光旅行的北白蛇神社推著腳踏車，和八九寺並肩走回自家。

「……不過八九寺，妳少了背包，角色特性果然變得不太起眼。」

「阿良良木哥哥，您講這什麼沒禮貌的話？光靠這對雙馬尾就足以建立我的角色特性吧？」

「雙馬尾啊，但如果只有這個要素，角色特性不夠強烈……聽說所謂的好角色，必須設計成光看剪影就知道是誰。」

「但我覺得這種論點也該過時了……光靠剪影就看得出角色，或是故事需要起承轉合，我覺得這種制式原則不管用的時代早就來臨。」

「妳這女生還是老樣子質疑現有價值觀……」

「角色設計的好壞，我覺得並不是取決於剪影，而是要設計成沒繪畫天分的人畫這個角色也讓人認得出來。像是悟空或皮卡丘，即使小朋友畫也很好認吧？」

「原來如此。」

「但我如果沒有背包，確實就不像蝸牛，而是像蛞蝓。」

「……忘記是誰說的，好像是忍野說的，又好像是羽川告訴我的……這麼說來，蝸牛與蛞蝓似乎算是相同的生物。蝸牛的殼退化之後就變成蛞蝓……」

「不過，要說貝類的貝殼退化之後還有剩東西，感覺也挺神奇的，就像是鳥類不會飛那樣。以人類舉例，就是『雖然骨頭沒了卻還活著喔，過得很好喔』這樣吧？」

「唔～如果將貝殼視為外骨骼確實如此，不過真要說的話，貝殼的功用比較像皮膚吧？但我不曉得人類沒皮膚是否活得下去……」

「是的，確實不曉得。不過沒骨頭依然活得下去，這件事已經由阿良良木哥哥獲得證實……」

「沒錯，我這個沒骨氣的弱雞已經證實……並沒有！」

「該怎麼說，因為寄居蟹讓人印象深刻，就覺得蝸牛的殼似乎可以拿掉，但實際拿掉就會害死蝸牛。因為裡頭裝滿很重要的東西。」

「和妳的背包一樣？」

「不，我的背包沒裝那麼重要的東西……只是對自己的物品保管在阿良良木哥哥那邊感到生理上的抗拒，即使沒背包也不會為難。」

「…………」

「只不過是八九寺真宵變成蛞蝓（註1）真宵罷了……咦？記得這個題材之前用過？」

「我當時不在場所以不清楚，但妳應該是在動畫副音軌說的吧？」

「是的。我回鍋用了相同的題材。」

「哎，既然媒體不同，我覺得回收再用一次也無妨……畢竟是平行世界。不過該怎麼說，這個題材會將妳的形象定位成蛞蝓，我覺得避免使用比較好……」

「嗯。」

「但我原本是蝸牛，所以大同小異。我好羨慕羽川姊姊是貓。」

「也羨慕阿良良木哥哥的鬼。」

「……嗯。」

「怎麼了？」

「沒事……不過妳想想，蝸牛很受小朋友歡迎吧？但蛞蝓沒人愛就是了……有沒有殼差好多。」

「最近似乎不是這麼回事喔，因為蝸牛寄生蟲很多。」

註1　日文「八九寺」與「蛞蝓」音近。

「寄生蟲？」

「以我的立場，阿良良木哥哥就是這樣。」

「原來如此，以妳的立場，我就是這樣啊……喂，妳說誰是妳的寄生蟲？」

「今天阿良良木哥哥經常自我吐槽耶。我個人覺得自我吐槽印成文字很丟臉。」

「啊，但我聽說過。記得蝸牛的寄生蟲是Leucochloridium……好像翻譯成雙盤吸蟲吧，是一種會占據大腦的恐怖傢伙……」

「原名正中央有蘿莉（lori）的發音，就像是阿良良木哥哥。」

「慘了，我居然不小心自己做球給妳，還是必殺球！」

「阿良良木哥哥確實有這個要素喔。其實稍微努力一點，Leucoch的部分也可以耳誤聽成『冷酷』的日文發音。冷酷蘿莉dium。」

「那不就爛透了？而且別在這種地方努力！」

「至於dium是否能解釋得更有趣，我想找阿良良木哥哥商量。」

「為什麼我非得和妳一起思考如何數落我自己……不過雙盤吸蟲真的是很恐怖的寄生蟲吧？光是聽敘述就毛骨悚然。被這個傢伙寄生的蝸牛，會自己移動到容易被鳥吃掉的地方，讓觸角變形得更顯眼，宣傳自己的位置……我在妳眼中或許真的不是什麼好東西，但我不想和那種寄生蟲相提並論。」

「我開玩笑的。」

「我知道。」

就像這樣，我和八九寺在途中拌嘴閒聊，最後回到阿良良木家，也就是我家。我和八九寺一閒聊就停不下來，會持續到沒完沒了，對話內容卻沒什麼意義。然而只有這次，或許出乎意料是一次例外。

這是我後來回想才發現的。

蝸牛與蛞蝓進化退化的話題，或是雙盤吸蟲這種寄生蟲的話題，在本次的故事裡或許是稍微感受得到諷刺的暗示。不，這裡說的暗示是俗稱的「巴南效應」，事後諸葛什麼話都說得出來。（註2）

事後回想起來，這種稱心如意的話語、這種冠冕堂皇的話語，不曉得將人們要得多麼團團轉。想到這裡就覺得我的思緒也堪稱是妄想。畢竟這只能在事後思考，即使不是如此，人們只要專注思考未來就好。

我經歷時光旅行，肯定充分學習到這個道理。

「那麼八九寺，進來吧。」

「啊？」

我隨口邀約，八九寺卻露出「這傢伙講這什麼話」的表情。

「我只有在守靈的時候，才會進阿良良木哥哥家耶？」

註2　Barnum effect，以廣義形容詞評價他人，他人就容易接納的心理現象。

「即使這番震撼的話語傷害我，我內心某處也因為八九寺願意來為我守靈而感到欣慰……」

「……阿良良木哥哥，一陣子不見，你變得異常樂觀。」

「哎，因為我累積了一段有點離譜的人生經驗……」

「總之我不進去。我在阿良良木哥哥還活著的時候，再也不會踏進阿良良木哥哥家的家門……昨天是最後一次。應該說昨天到頭來也算是半綁架吧？」

「綁架？別講得這麼難聽。」

「這是實話啊？請不要因為再也買不到原版導讀書就亂講話。」

「我並不否定這個事實，只是要妳別講得這麼難聽。」

「這也太任性了。總之……」

八九寺以充滿戒心的目光這麼說。

毫無信任感或信賴關係，只能形容為疑惑的雙眼。

她這樣看我，令我血脈賁張。

「我沒失去女性的戒心，不會貿然進入父母與妹妹們不在的阿良良木哥哥家。」

「十歲女生講這什麼話？」

「要是我活著，我已經二十一歲了。」

「別講得這麼倒胃口。」

「請不要因為我的實際年齡倒胃口。」

「明明至今不會講得這樣破壞夢想，為什麼突然講這種話害我失望？」

「沒有啦，東京都條例實施之後，各方面不是都變嚴格嗎？考量到今後的演變，姑且得強調敝人我是十八歲以上的合法角色，否則可能會遭受流言蜚語中傷。」

「合法……但是記得東京都條例和真實年齡無關吧？」

「是這樣嗎～我是小孩子所以不清楚～」

「搞不懂妳的定位。妳究竟是孩子還是大人？」

「法律上是大人，但肉體是孩子。」

「妳沒肉體吧？所以……」

「講正經的，我覺得有沒有東京都條例都一樣。在法案通過之前，漫畫界與動畫業界不就掀起自主管制的旋風嗎？雖說這樣沒辦法自由創作，但事實上早就沒辦法自由創作了。明明早就對金主唯命是從，卻抗拒上層管制，真令人心寒。」

「別忽然講得這麼正經……」

「在這種狀況，至少我們想自由發揮對吧！八九寺真宵，現年十歲～！內褲可以隨便看喔～！」

「太豪放了！」

「啊，露個內褲好像不成問題？我聽說哆啦A夢的靜香沒觸犯東京都條例。」

「哎，條例終究沒辦法管制哆啦A夢吧……」

話說，八九寺居然直呼靜香的名諱，妳以為妳是何方神聖？處於何種立場？

「說得也是，哆啦A夢是國民漫畫……應該說一個不小心，甚至會和國際輿論為敵。不過阿良良木哥哥，雖然我這麼說不太對，但哆啦A夢很情色對吧？」

「不准用奇怪的角度解讀歷史名作！」

基於這層意義，哆啦A夢的祕密道具確實忠於人類慾望，也被恣意濫用……

「我認為小學男生的性啟蒙，八成都是來自哆啦A夢……不曉得文部科學省還能迴避這個事實多久。」

「順便問一下，另外兩成小學男生的性啟蒙來源是什麼？」

「《海螺小姐》的裙帶菜小妹吧。」

「…………」

這段對話令人在各方面省思國民熱門漫畫的功過，雖說如此，我覺得這兩成小學男生的癖好過於冷門。

而且這應該是假資料吧？

不准亂說話。

「那……妳在這裡等我一下，我立刻拿妳的背包過來。」

「十秒。用衝的。」

「這麼大牌？」

不知為何，我得幫十歲的少女跑腿。

不對，應該是二十一歲的女性？

無論如何，都令我血脈賁張。

不過，十一年的幽靈生活，不會讓八九寺有所「累積」，所以那個傢伙沒辦法成為二十一歲……

這也是我在時光旅行徹底體認的事實。歷史的事實。

我讓八九寺在剛完工的大門前面等待，進入家裡上樓，到自己房間拿她的背包。

瞬間，我內心萌發山羊般的惡作劇心態，想把背包裡的東西掉包為石頭，但我房間當然不可能有石頭，所以我打消念頭。

我姑且在字面上向天地神明發誓，自從八九寺昨天將這個背包忘在我家，我從來沒看過背包內容物。

我被稱為冷酷蘿莉dium，卻不是亂碰少女私人物品的罪犯。

我是紳士。Gentleman。

不能讓八九寺等太久，所以我沒在房內坐下或是享受咖啡時光，背起背包就再度走到屋外。

「啊！慢著，請不要碰別人的東西啦！」

「別強人所難好嗎……」

「啊～得送洗了。」

「我說啊……妳是不是從剛才就過度討厭我？」

「這背包我不要了。請扔掉吧。」

「慢著，剛才說過，妳沒這個背包會成為蛞蝓真宵吧？」

「為什麼像這樣莫名強硬地將背包塞給我？看來是暗藏竊聽器對吧？唔哇，阿良良木哥哥爛透了！」

「妳太懷疑我了吧……我懶得解釋，妳去看《傾物語》吧，這樣就可以證明我的清白。」

「我才不要看那種好貴的書。」

「別說貴啦……」

「一千三百圓？唔哇，這價錢不曉得能買幾本六百圓的文庫本！」

「兩本。居然說好貴的書，好歹要說很厚的書吧？在分量方面其實差不多。」

拜託別胡鬧。

那是妳自己上副標題的書，別做這種負面宣傳。

「書的定價問題，今後或許也會繼續改變吧。畢竟二手制度差不多快達到極限，電子書的時代也分秒接近。搞不懂是黑船、救生船還是海盜船。」

「電子書啊……不過用來看漫畫意外地合適喔，因為黑色的顯色異常漂亮。」

「啊，那當然。因為雜誌之類的書，使用的墨色都變淡，難免會想用電子媒體欣賞漂亮的圖。」

「說到問題點，應該是電子書沒辦法跨頁顯示吧。例如手機是一格格顯示，但漫畫的優點在於可以自由分割畫面大小……不過到最後，這或許也是習慣問題。」

「像是短短幾十年前，漫畫的分格很單純。大概就是四行四列這樣，畫出來的成品也很單純。不過現在或許在各方面進入文藝復興時代吧。」

「但文藝復興的意義是溫故知新……」

這個道理或許可以套用在漫畫分格的問題……雖然聊到這個話題，但我對這方面的造詣不深所以不清楚，如果分格複雜到像是少女漫畫那樣，手機要怎麼顯示？問題或許不只是跨頁……

「而且在網路連載的漫畫也增加了。」

「妳是說線上雜誌？從這種觀點來看，新人進入漫畫界的大門也變寬廣了，畢竟新雜誌也接連創刊。」

另一方面，現存雜誌則是接連停刊或休刊，這個事實就暫且不正視。

「考量到今後的進展，漫畫家或許出乎意料是非常穩定的職業。畢竟最近有很多長期連載，想轉行也意外地容易。」

「我覺得這種想法有點過於樂觀……剛才也提到，漫畫的優點在於可以調整畫面大小，不過只要受歡迎，漫畫家又有體力，同一部作品就可以一直持續下去，這也是漫畫另一項優點吧。」

「總之，這方面和文化類型的小說不太一樣……」

但我覺得是發表形式的不同。

漫畫以雜誌連載為主，小說以單行本為主，所以小說在性質上，如同漫畫領域的短篇形式。

即使不願意也會有所區隔。

「不過有些系列小說，即使反覆假裝即將完結，卻依然像是喪屍一樣反覆復甦，一直冗長地寫下去！」

「別說了。不准說得這麼自虐。」

「回到正題，我覺得電子書只要解決價格問題，就會一鼓作氣普及。只要設定成大家能餬口的價格就好。」

「餬口啊……大環境這麼不景氣，我覺得做得到這種事就不會這麼辛苦。」

「既然刻意投注精力製作成方便的電子檔，我甚至覺得價格設定得比實體書還貴也無妨。」

「為什麼講得像是在賣人情？」

想做不勞而獲的生意也要有個限度。

「我覺得提高附加價值就好。像是加入搜尋功能；在伏筆部分放連結，立刻可以回頭看前面的劇情；隨時可以參考登場人物介紹頁；讓配音員念臺詞等等。」

「無論如何，感覺和我們現在對於『書』的印象差很多……」

感覺逐漸和時代疏離。

我明明還是高中生。

但除非在懂事之前就接受英才教育，否則很難接受這種事。連手機也是，我升上高中才擁有手機，所以不太習慣。

我至今寫手機郵件依然提心吊膽。

「這樣不是很好嗎？自覺正在親身見證新文化的誕生期，是一件幸運的事。」

「是嗎？我寧願等到新文化普及之後慢慢享受。」

何況妳這個幽靈說「親身見證」也很奇怪。但我這個半吸血鬼這麼說也很奇怪。

「我很羨慕親身見證手機誕生期的人，鈴聲可以設定成和絃，或是自己作曲。」

「這值得羨慕嗎……？」

「不過現在的手機鈴聲只要直接下載就好……總之無論如何，這是個好機會吧？出版界也需要革命吧？」

「革命啊……但願不是只以自爆作結。」

在擔憂少女與出版界未來等各種事情時，肚子也餓了。

時間正好。

我是吸血鬼，不需要規律地正常用餐，但即使不是回到剛才的話題，時間到就想吃飯的習慣也很難改掉，何況八九寺難得和我在一起。

趁午餐時間揮霍一下也不賴。

「八九寺，有什麼想吃的東西嗎？」

「有很多東西想吃，但說到想和阿良良木哥哥一起吃的東西就沒有。」

「……咦咦咦？」

好奇怪。

八九寺這麼討厭我？

空窗期太久，我心裡沒有底……

這麼說來，上次像這樣和八九寺好好交談，難道是《偽物語》時的事情？

既然這樣，真的相隔好久。

「是啊，因為羽川姊姊、神原姊姊與千石姊姊發動政變，搶走敘事者的角色。」

「等一下，依照時間順序，我們現在知道神原與千石的事情不太對吧？」

「好恐怖，沒想到千石姊姊會變成那樣……」

「別再說了，要是現在的我知道這件事，真的會產生時光悖論。千石在我心目中是個只能形容為可愛的學妹。」

「這樣確實是問題……」

「話說回來，妳不當敘事者？」

「怪異本身不能擔任敘事者，這是規則。」

「有這種規則啊……」

我低頭看著自己的影子。

原來如此。所以這次也……

「不開玩笑，妳想吃什麼嗎？我請客。」

「這樣啊……但是阿良良木哥哥，我如您所見是幽靈，如果和我一起用餐，阿良良木哥哥在別人眼中，會如同也幫已故女兒點一份餐的家長喔。」

「這種事無所謂。」

嗯。

不提這個，如果八九寺真的吃掉餐點，「現實」會怎麼處理這份吃掉的餐點？

一般人看不見八九寺，卻看得見八九寺吃掉的餐點……所以會把內臟裡的食物看成浮在半空中？

不，應該不是。

到頭來，八九寺無論拿什麼東西，也沒有變成浮在半空中的樣子……這部分或許是旁人目擊之後，大腦會適度處理吧。

不過事實上，經過「適度處理」的東西，或許是我腦中將十一年前過世的八九寺「認知」為人類的情報。

無論如何，都是沒跳脫假設範圍的怪異奇譚。

「總之就算是請客，但我是窮考生，只能請妳吃速食。」

「速食……」

「不滿意？」

「不，想像成頭等（註3）艙的食物就不會不滿意。」

「不准擅自想像。」

實際的英文拼音不一樣。

我是考生，至少知道這種事。

「那就上腳踏車吧，雙載。」

「不要。我才不要坐阿良良木哥哥後面……」

她這麼說。

看來八九寺心中正流行「討厭阿良良木哥哥的遊戲」。就在她再度以這種方式回應的這時候，發生了某種狀況。

註3　日文速食的「速」與頭等艙的「頭等」字同。

早早就對這個遊戲上癮的我，沒能將這個期待已久的回應聽完。
因為，我們目擊了。
目擊「那個東西」。

003

若問「那個東西」是什麼，只能說不得而知。
是謎。
只能如此回答。
但是，這並非因為我……以及八九寺沒有怪異相關的知識。不對，這當然也是原因之一……卻不只如此。
因為到頭來，我們不清楚「那個東西」是否是怪異。至少我不清楚。
無法斷定「那個東西」是什麼。
因為，我看不見「那個東西」。
目擊看不見的物體，感覺這種形容方式自相矛盾，但是在這種時候，這是最正確的形容方式。

因為看不到絕對不代表透明。例如剛才提到，八九寺真宵是幽靈少女，一般人無法視認（不是因為她是死人所以無法視認，這種雙關語不好笑又冒失），那麼可以認定一般人「看不見」八九寺嗎？其實不能一概而論。因為無法視認，只代表無法「認同」自己「看不見」的「認知」。（註4）

沒察覺自己沒看見。

換言之，就是「不存在」。

無法認知的東西，就是不存在的東西。這個理論至少在人類腦中成立。

在這個場合，我可以認知看不見的「那個東西」。可以認知自己「看不見」。

因為那裡存在著「闇」。

闇——也可以形容為黑暗。

或者是普通的黑。

重新強調一次，現在是正午，而且是盛夏的正午，燦爛的陽光從藍天灑落。

在站著不動都會冒汗的天候，也就是只能形容為視野清晰的這種環境，「闇」突然出現。

「…………」

姑且試著解釋這個現象吧。

註4　日文「視認」和「死人」音同。

視野是光的反射、光的波長，相對的，若是光沒有反射，該處就會「顯示」為黑色。例如石炭的光吸收率很高，所以看起來漆黑。不對，以黑洞舉例比較淺顯易懂。連光都會被黑洞扭曲吸收，所以肉眼絕對無法觀測，看起來只像是那裡有「闇」。

然而，這裡不是太空，不可能出現黑洞。

何況黑洞在這麼近的位置出現，我不可能平安無事。

不對，不是這樣。

即使「那個東西」——這個「闇」不是黑洞，只是平凡的石炭塊，我與我們也不一定可以平安無事。

此時，這個「闇」似乎在動。

隱約在動。

「…………！」

這是第六感。

是直覺。

是討厭的預感。

真要說的話，是經驗法則。

我立刻跨上腳踏車，而且說到行動速度，八九寺也沒輸給我。明明剛才那麼堅決抗拒坐我的腳踏車雙載，她卻瞬間跳到後座。

「請出車！」

「我知道！」

我不知為何接受八九寺的指示踩起踏板。踩第一下就竭盡力氣達到極速。可以的話，我很想在這時候發揮吸血鬼的腳力，很遺憾，我在正午能發揮的能耐眾所皆知。

不過，普通的菜籃腳踏車不可能承受吸血鬼認真發揮的腳力（鏈條大概會斷），以人類認真起來站著騎的力道，對這輛腳踏車來說或許剛剛好。

自從神原那傢伙破壞越野腳踏車，我也開始覺得自己過度濫用這輛菜籃腳踏車。嗯，差不多該送去保養了。

「唔喔喔喔喔喔喔喔喔喔喔喔喔喔喔喔喔！」

不過，這當然是以未來有機會保養為前提。

總之我全力踩踏板。

依照道路交通法，腳踏車似乎也有超速的概念，但我全力無視於這種事。

比起遵守法律，我必須更加保護某些東西。是的，例如自己的生命。

以這種速度騎在人行道恐怕會撞到行人，所以我轉移到車道，繼續加速。

「八九寺！」

「有！」

「確認後方！剛才那個傢伙有跟來嗎？」

「我看看！」

八九寺似乎轉身向後。

「好像有東西來了！」

片刻之後，她如此大喊。

回想起來，我和八九寺的交情還算久，但基本上都只是在路邊和這傢伙閒聊，所以第一次看她如此慌張。

要看慌張的八九寺，頂多只在我襲擊她的時候看得見。

「換句話說，您每次遇到我都看得見吧！」

八九寺在這種時候依然規矩地吐我槽。

這傢伙真棒。

我們大概會是一輩子的好友。

「妳說有東西來……是什麼感覺？」

「那個……不，是當我察覺就位於那裡……距離不近，卻也不遠……」

「……………？」

以八九寺的個性，這種形容方式相當含糊。

但是也在所難免。

因為，我們看不見那個「闇」。既然看不見，也代表無法正確計算距離。

不對，不只是距離。

包含大小……也就是規模或架構也不曉得，總歸來說就是一無所知。

雖說在這附近，我們卻只知道那個東西「位於」附近，只能從周圍的風景判斷，但是這種定位只要換個角度立刻失準。

何況現在正以腳踏車高速移動，形容得含糊也是理所當然。

總之，光是知道那個東西「似乎」跟過來就夠了。

「好，明白了！不用再確認了！」

我不再站著騎車，而是坐在坐墊上。

只論速度，站著騎比較快，但後方載著一名少女就另當別論。

「八九寺！抓住我的背！」

「不要！」

「別拒絕啦，笨蛋！這樣重心不穩！」

「嘖！」

八九寺隨著少女不該發出的咂嘴聲緊抓我的背，她大概是不情不願這麼做。

重心因而化為一體，以結果來說，我可以騎得更快。應該說如果我繼續站著高速騎車，很可能甩落八九寺。

「背包也丟掉比較好嗎?」

「不……」

老實說，如果她肯丟，我確實很感謝。幽靈少女八九寺是否具有「重量」其實很難說，或許只是我擅自覺得有重量，但無論是否真實存在，重物就是會重。

換句話說，八九寺的背包和八九寺一樣讓我感受到表面所見的重量，要是扔掉背包可望繼續加速。可是，可是……

「不用丟!」

「可是……晚點回來撿就好啊!」

「就說不用了!」

這是八九寺自己的要求，而且如她所說晚點回來撿就好，她的意見確實有道理，但我不知為何無法同意。

感覺這麼做反而會拖慢速度。

我有這種感覺。

總歸來說就是我多心，但我一直遵循這種多心的念頭活到現在。

「不提這個，八九寺，抱得更緊一點，當成要和我合為一體!」

「好!」

「胸部壓用力一點!」

「這、這樣嗎？」

或許因為是緊急狀況，八九寺下定決心之後很聽話。

八九寺身為小學五年級卻發育良好的軀體，毫不客氣壓在我身上。我以這份喜悅為動力，更加努力踩踏板。

「八九寺！要緊貼到讓我可以騎得更快！」

「好、好的！」

推測有點混亂的八九寺，完全遵照我的指示。

人生真的是不曉得下一秒會發生什麼事。一下子有機會以整個背部感受八九寺的身體觸感，一下子又被莫名其妙的「闇」追趕。

此時或許需要解釋一下。

突然出現神祕的「闇」，使我冒出類似畏懼的情感，這一點可以理解。不過就算這樣，有必要逃得如此徹底嗎？

我覺得應該有人提出這樣的質疑。

雖說對方的真面目不明，卻也不曉得是否危險，真的有必要拚命逃離嗎？

我就回答吧。

有！

有必要徹底逃離！

若是各位認為我這樣很丟臉，可以盡量這麼認為，但我至今就是因為沒像這樣，在該逃走的時候好好逃走，我才會落得那麼天大的下場至今！

千鍾百鍊！

我從春假至今，總之目擊各式各樣的「怪異」並且交戰至今，所以我現在敢百分百斷言自己正在採取完全正確的行動！

現在是逃跑的時候！

再怎麼樣也不可以試圖對抗那個「闇」！

如果只有自己還好，但我現在非得保護八九寺真宵這個嬌小又重要的好友！

……嗯？

這是我趁亂想用背部盡情享受這個嬌小好友觸感的藉口？

不，我並沒有那種想法。

我行得正、坐得直。

「阿良良木哥哥！」

「雙馬尾胸部，什麼事？」

「追過來了！」

「！」

雖然吩咐不用再轉身，但八九寺似乎還是轉身。背後傳來的觸感沒有明顯變化，所以她的姿勢恐怕相當勉強。

整個頭轉一百八十度，光是想像就超恐怖。

「好像有東西接近過來……！」

「唔！不是抓不到距離嗎？」

「沒、沒有啦……話是這麼說，雖然沒距離感，卻有種壓迫感……」

「…………！」

八九寺的證詞，使我更加摸不著頭緒。既然這樣，我自己轉頭確認那個「闇」或許比較好……不對，別這麼做比較好嗎……

認知。

如果那個「闇」是怪異，認知就是很重要的行為，但是認知怪異伴隨風險。

而且是很大的風險。

光是目擊就會被詛咒的怪異，藉由「被看」而「誕生」的怪異確實存在。換句話說，那個「闇」可能是以「目擊」做為發動條件的怪異。

若是如此，我剛才就看過「那個東西」，所以現在移開目光或許也沒用。

事到如今，即使將「那個東西」當成見越入道來應付，或許也行不通。（註5）

註5　日本妖怪，會主動找行人交談並且越變越大，人們注視他太久就會昏迷，趕走的方法是對他說「看透了」。

「八九寺！總之別看了！」

「可、可是可是！」

「乖乖親我的背吧！」

「好、好的！」

即使提出無法判斷是浪漫還是屈辱的奇怪要求，八九寺依然照做。

不過這樣終究只會害得上衣沾滿口水而變得噁心。

「呼啾～呼啾～呼啾～舔，舔，舔……唔咕，唔咕……」

「…………」

話說，超恐怖的。

不准吃我的背。

這麼說來，聽說蝸牛的牙齒有一萬顆以上……我的背不要緊嗎？

我的精神也沒有強韌到可以說別人，但八九寺真宵的心理似乎很脆弱。

如此害怕逆境的傢伙也很少見。

應該說，身為這部物語的角色卻「害怕逆境」，還真是稀奇……簡直不像話。

臨機應變做點事情吧。

平常老神在在的態度是怎樣？

「！」

此時，我冒失地看見了。看見那個「闇」。

我並沒有轉身。

不過，城鎮這種地方很神奇，鏡子算是隨處可見。我不確定是否是為了方便假面騎士龍騎變身，不過路口都會設置。

我不小心從鏡子看見了。看見「闇」。

那個「闇」似乎在我看見的瞬間變大。或許是我多心吧。

多心？

既然這樣，這就代表一切。

「唔！」

我轉動腳踏車龍頭，不只是要逃離「闇」本身，也是要逃離映出影像的鏡子。

整輛車幾乎變成打滑甩尾的形式，差點就這樣倒下。我勉強成功維持平衡，不過角度極度傾斜，我的臉頰差點擦過柏油路面。

依照身體的感覺，大約傾斜一百七十度。

我居然拉得回來。

「八九寺！沒事嗎？」

「觸角斷一根！」

「這樣不是很嚴重嗎？」

話說人類有觸角這種器官？

真要說的話，皮膚就是觸角，但皮膚會折斷嗎？

「說錯了！是有一根雙馬尾解開！」

「這樣啊……」

拜託別嚇我。

「還有，上衣肩膀部位稍微破掉！」

「沒問題嗎？」

「是的，只有衣服……不過頭髮只有一邊解開，衣服又破掉，外表看起來像是我正在被阿良良木哥哥施暴綁架！」

「這樣問題很大吧！」

我今後的人生會很辛苦。

不曉得會成為何種狀況。

「……呃！」

然而，更進一步的危機接近到我面前。

正確來說，是我接近過去。

強行轉彎之後的前方，居然有紅綠燈。

就是有紅黃綠三種顏色的那種燈。

不對。

與其說是紅綠燈，應該說紅燈。

「…………」

我有兩種選擇。

思考這種事很蠢，但我有兩種選擇。

強行穿越，或是不穿越。

我在高速之中環視周圍，發現旁邊沒有行人也沒有車輛。即使無視於紅燈，就這麼沒煞車筆直穿越，應該也不會造成任何事故。

然而……

「……嘖！」

我再度轉動龍頭。

紅燈。

背上傳來八九寺觸感的我，無法無視於紅燈。即使不會造成車禍，只要我背負著十一年前車禍身亡的八九寺，我當然得這麼做。

然而，我在這時候失敗了。

不，其中一件事很難形容為失敗。因為無論如何，我要是沒在這時候煞車減速，終究不可能成功過彎。

不過，問題在於另一個失敗。

是的，我過於大意。

我現在位於車道，所以紅綠燈代表的意義，和平常走在人行道不同。只要眼前是紅燈，無論左轉還是右轉，都和直行一樣是禁止的。

紅燈停，綠燈行。

沒有遵守這個規定的我，背負著八九寺卻沒能遵守規定的我，即將接受毫不留情的天譴。

004

一轉彎，就位於正面。

「闇」位於正面。

如同陷阱——如同一開始就挖好，等待獵物上門的陷阱。

「……………！」

沒有距離感。

或許應該說沒有距離。

這個現象，難道打從一開始就沒有遠近之分，就在我身邊？

不妙！

如今我無法轉向，畢竟我剛把龍頭轉到極限。我原本自認已經專注、徹底逃離，最後卻主動衝進這個「闇」，為這場捉鬼遊戲打上終止符。

自滅。自爆。

完全白費力氣的逃跑之旅。

莫名其妙地逃離莫名其妙的東西，莫名其妙地被追上，莫名其妙地結束。

「唔……！」

然而，至少也要讓八九寺……

「嗯咕、嗯咕、嗯咕！」

八九寺依然在吃我的背。

雖說是我指使的，但這傢伙直到最後的最後，居然在做這種事。

完全搞砸嚴肅的氣氛。

但我必須想辦法拉開緊咬著我不放的八九寺讓她逃走。一定要讓她逃走！

至少只有這孩子得成功逃走……

「『Unlimited Rulebook——例外較多之規則』。」

此時，隨著某處所傳來，平靜又如同照本宣科的聲音，被震飛了。

被震飛的，不是好整以暇在前方等待的「闇」。

是我。

是我們。

感覺像是被巨大的鎚子擊飛。實際發生的現象應該也類似吧。

比起「闇」更加具體，明顯屬於物理層面的怪異現象。

回過神來，我與八九寺被震到對向車道。看來發生「某種不明狀況」之後，我與八九寺因而得救。

可惜只有菜籃腳踏車來不及避開，被吞入「闇」之中，消失得無影無蹤。

「…………！」

終於……

數度和我一同克服危機的菜籃腳踏車，終於從這個世上消失……我備受打擊。

消沉過頭，似乎會死掉。

我明天起要騎什麼上學？

「鬼哥哥，往這裡。」

忽然間位於那裡的，是斧乃木。

斧乃木余接。面無表情的女童。

身穿荷葉邊特多，不只可愛，看起來也相當花俏的服裝，卻因為她面無表情，整體看起來非常不搭。

彷彿人偶硬是在模仿人類的動作。

不過，這也在所難免。

斧乃木不是人偶，卻也不是人類。

她是怪異。名為斧乃木余接的怪異。

某個暴力陰陽師的式神。

「啊……？咦，斧乃木小妹……妳為什麼在這裡……」

「說這什麼話，昨天不是才見過嗎？」

是嗎？

是的。

我受到時光旅行的影響，這方面的記憶和現實有點偏差。這也算是時差症狀嗎？

如同「闇」突然出現，斧乃木也是突然出現，但是從狀況判斷，這孩子救了我與八九寺。

「謝、謝謝……」

「要道謝還有點早，大概吧……」

斧乃木如此低語。

確實如此。

因為具備威脅的「闇」，就位於旁邊的道路上。沒有消失，清楚存在於那裡。

看不見的「闇」繼續存在於那裡，這種形容方式真的很怪，但實際就是如此，所以也沒辦法。

「鬼哥哥……那是什麼？」

「啊？」

斧乃木這個問題，反倒令我困惑。

「怎麼回事，斧乃木小妹，妳不是負責突然出現、拯救我並說明一切的角色？」

「要求我包辦這些稱心如意的工作，我也很為難，應該吧……」

斧乃木面無表情，卻為難般的這麼說。

總之，她當然會為難。

光是她救了我，我就應該感激不盡。

如果是忍野，應該會說「人只能自己救自己」。

「八九寺呢……」

至於八九寺呢？

幽靈少女——八九寺真宵摟著我，就這麼穩穩夾住我的身體，而且就這麼用力咬住我背上的肉，昏迷不醒。

所以我才說妳心理太脆弱了。

我對妳好失望。

「…………」

我硬是拉開八九寺。

無論接下來採取何種行動，這個姿勢只適合腳踏車雙載。先不提解開她手腳的過程，撬開她咬著我背部的嘴，花了我好一番工夫。

這傢伙該不會真的有一萬顆牙吧？

「……真是的。」

斧乃木這麼說。

她的聲音沒有抑揚頓挫，很難解讀情感。總覺得這孩子有點像以前的戰場原。

所以我在某方面對她抱持親近感。

「剛才不小心出手相助，不過早知如此就應該扔著不管，大概吧……看來我被捲入莫名其妙的事件。真不幸。」

這麼說來，她都是用男生語氣講話嗎？我在心中如此質疑斧乃木。以時間順序來說，我們明明昨天才見面，以我自己的感覺卻是好久不見。

「別說『早知如此就應該扔著不管』這種話……生命誠可貴。」

「不死之身的吸血鬼居然這麼說。」

斧乃木如此回應。

「那個女生是昨天說的幽靈？畢竟背著背包……順利物歸原主是吧，太好了。」

「昨天……」

我說過嗎？

事情太久，我不記得了。

總之，斧乃木本身是怪異，而且雖然是式神，卻經常和專家共同行動，所以真要說的話是理所當然……

她看得見。斧乃木看得見八九寺。

而且更加理所當然地，看得見「闇」。

「鬼哥哥。」

「什麼事？」

「你想怎麼做？」

「怎麼做是指……」

「和那個。」

斧乃木伸手指去。

以食指指向道路上的「闇」。

指著像是在觀望這裡的狀況，像是「目擊」這邊的光景，動也不動的「闇」。

伸手指去。

對於斧乃木來說，這已經是攻擊動作。

「Unlimited Rulebook——例外較多之規則」。

光是用手一指，就滿足這一招的發動條件。

這招的威力，我曾經親身體驗。

正確來說不是親身，是親人曾經體驗。

「要戰鬥？還是要逃？」

「要逃。」

我立刻回應。

「那不是能戰鬥的對手吧？」

「我想也是。我也這麼認為。」

還以為斧乃木會嘲笑我膽小，卻很乾脆地放下手指，如同一開始就這麼打算。

我果然看不透這孩子的想法。和昔日的戰場原一樣看不透。

「那麼鬼哥哥，抱著那個女生逃走吧。」

「明白了。」

「盡量保持安靜，別發出聲音慢慢走。要是動得太快，那個傢伙可能有所反應並襲擊我們。」

「…………」

我原本覺得這樣簡直是動物，但原始的怪異或許都類似動物。畢竟怪異大多是以動物為原型。

不過，像那樣以「闇」為主體的動物，肯定不存在於這個世界……

總之，我依照斧乃木的吩咐，緩緩抱起八九寺。無聲無息，將手放到她的脖子下方，看過裙底之後讓她雙腳併攏，抱到胸前。

「……感覺剛才混入多餘的動作。」

「說這什麼話，要是裙底躲著怪異怎麼辦？」

「關我屁事，笨蛋。」

斧乃木以粗魯的話語罵我。

我覺得這是使喚她的陰陽師造成的影響，但這孩子的角色定位很隨興。

「那麼……」

我以俗稱新娘抱的方式抱八九寺起身。

同時，斧乃木抓住我的衣領。

「『例外較多之規則』——脫離版。」

005

老實說，斧乃木使用的……該怎麼說，必殺技？由於她頗為頻繁使用，我不認為那是奧義……總之，我不清楚「例外較多之規則」是怎樣的招式，甚至不曉得原理。

之前聽斧乃木說，她的真實身分是憑喪神，而且是「屍體」的憑喪神（她還說應該叫作憑藻神），我不明白這方面的事。

但我明白這招的攻擊力。

阿良良木家的玄關，正是因為這招而非得重建，所以這招的攻擊力……不，應該說破壞力，不只是打包票的程度。所以我不知不覺認定斧乃木是專精攻擊的式神。

不過，像這樣看到她帶我們平安逃離，我不得不意外地說我這種想法錯誤，這是我的誤解。

回想起來，使喚她的陰陽師——影縫余弦，完全是攻擊型的戰士。既然這樣，和她搭檔的斧乃木要是專精攻擊，天底下應該沒有比這更不平衡的組合。

或許「例外較多之規則」反倒是用來逃走的技能。因為我明明再怎麼努力騎腳踏車也無法逃離「闇」，她卻帶著我們這兩個拖油瓶漂亮逃離。

至於她實際採取的行動，就我看來只是以雙腳使勁一躍……

「不，鬼哥哥，這種說法是正確的。剛才我帥氣形容為『脫離版』，但只是單純逃走罷了。」

「居然說單純……」

「不過是從立體層面。鬼哥哥已經證明從平面層面逃走沒意義……我覺得或許對方出乎意料無法應付高度上的變化……看來正如預料。」

「…………」

總覺得她巧妙打馬虎眼，總之以結果來說順利逃離，所以夫復何求。

順帶一提，我們逃到的地方，是我之前和斧乃木，以及她的主人影縫搏命交戰，對我來說從春假之後充滿回憶，如同祕密基地的地方。也就是那座補習班廢墟。

這裡是廢墟四樓。

我們在三間教室的其中一間坐下鬆一口氣。在廢墟鬆一口氣聽起來很奇怪……總之我們成功逃離那個「闇」，所以沒道理不在這裡感到安心。

八九寺依然昏迷不醒。

就這麼讓她躺地上，再怎麼說似乎也太過分，所以我學忍野拿旁邊的書桌拼成一張床，讓她躺在上面。

八九寺身為小學五年級算是發育良好，但終究是小學生，拼三張書桌就夠。

我以自己的上衣當成被子幫她蓋上，以自己的牛仔褲捲起來當成枕頭讓她墊著，因此我現在身上只有一條四角褲。

唔～……

我自認這是顧慮到八九寺的身體而這麼做，卻感覺只凸顯我的變態特質……老實說，我不想再追加暴露狂屬性。

「鬼哥哥肌肉挺發達的。」

斧乃木這麼說。在喘口氣之後這麼說。

「很漂亮的肌肉，嗯。」

「…………」

「很漂亮的肌肉。有在鍛鍊吧，很漂亮的肌肉。隔著衣服看不出來，不過真的是很漂亮的肌肉。」

「…………」

肌肉被稱讚了……不，這並不是因為有在鍛鍊，單純只是我在春假化為吸血鬼之後的影響之一……

「一直這樣裸露比較好吧？鬼哥哥應該更加宣傳肌肉。我覺得這是非常美妙的精壯體型。」

「慢著，別再討論肌肉了……」

「哎，別這麼說，鬼哥哥，擺個拳擊姿勢看看吧，當作受我搭救的謝禮。」

「妳這女童，居然講得像是在做人情給我……」

「如果願意擺出腹肌與腿肌的健美指定動作，我願意把『例外較多之規則』的祕密告訴你喔。」

「這應該是很重要的祕密吧？」

這孩子講話亂七八糟。

這方面也很像戰場原。但她對我的肌肉毫無反應……

斧乃木糾纏到這種程度令我為難，但戰場原那樣毫無反應，某方面也令我受傷。

「總之，我並不是對『例外較多之規則』沒興趣……」

想到影縫的專精領域，就無法保證今後不會再和她交手……但她這次似乎沒來這座城鎮。

「不過，我現在想知道的，是關於那個『闇』的情報。斧乃木小妹，妳心裡真的完全沒有底？」

「就說不知道了……」

斧乃木說著伸手摸我的腹肌。這個動作過於隨興，我差點就不予追究，不過這是過於光明正大的性騷擾行為。

「我除了鬼哥哥的肌肉一無所知。」

「妳知道我肌肉的什麼事？」

「還用說嗎……我知道一切。」

她面無表情斷言，意外具備說服力。

或許她真的知道。

難道……慢著，所以說她知道什麼？

我的肌肉沒有祕密。

「到頭來，我才想問鬼哥哥，你心裡沒底嗎……內心底部有底嗎？」

「斧乃木小妹，無論妳是忽然想到般改口、想講雙關語還是玩文字遊戲，都講得不上不下。說到我心裡有沒有底……」

真要說的話，有底。

太多了。

堪稱至今人生的一切，都可以當成本次事件的底。

雖說如此……若要我具體舉個例子，我沒辦法立刻想出來。

怪異確實是基於合理的原因出現，但是那種不講理又真相不明的「闇」，我不曉得是否可以形容為怪異。

不講理，真相不明。

而且，原因不明。

「我不懂。畢竟我不是怪異專家……我始終是隨處可見，類吸血鬼的高中生。」

「我覺得並不是隨處可見……」

「而且，即使回憶我至今打過交道的怪異……」

吸血鬼。

貓。

螃蟹。

蝸牛。

猿猴。

蛇。

蜜蜂、鳥。

以及……屍體。

「……感覺不太一樣。我沒看過那麼抽象，如同『闇』本身形成的怪異。那是怎樣的怪異現象？」

到頭來，怪異現象發生在這種正午時分，我覺得不對勁。不，怪異只出現在夜間——只出現在丑時三刻或逢魔之刻，是一種先入為主的觀念，提出這種說法就無從討論下去，但是那東西顯現得那麼清晰……

不對，並不「清晰」……因為看不見。

「『闇』嗎……」

斧乃木這麼說。

輕聲細語……如同自言自語。

「總之，『那個東西』應該確定是『闇』，不過……」

「嗯？怎麼了？」

「沒有啦……該怎麼說……如果對方真的是『闇』就好。如果只是『闇』……」

斧乃木依然面無表情。看起來像是毫無感覺，卻也像是覺得現狀沒什麼樂趣。

「什麼意思？那東西怎麼看都是『闇』吧？」

「不是說『看不見』嗎？那個黑色聚合物，很可能只是隨怪異產生的現象。」

「啊啊，原來是這個意思……」

「總之，要是這麼說，就無法確定那是不是我們要『應付』的對象。還不確定那東西是針對鬼哥哥而出現的……如同颱風或暴風雨之類的天候現象，並不是針對人類而來。」

「慢著，可是那東西明顯在追我與八九寺啊？」

「話是這麼說……」

斧乃木的態度實在是猶豫不決。

她本人似乎也有自覺。

「不行。我看鬼哥哥的肌肉看到著迷，無論如何都沒辦法整理思緒。」

她這麼說。

「無法整理思緒是情非得已，但妳給我想辦法用其他理由解釋。」

「姊姊或許知道一些情報……但我現在聯絡不上姊姊。」

在這個場合，斧乃木提到的姊姊，不用說正是影縫余弦——暴力陰陽師。影縫是專家，同時是忍野的老朋友，她或許擁有那個物體（無法斷言是物體的某種東西）的相關知識。

不過，即使影縫擁有相關知識……我聽到斧乃木說現在聯絡不上她，老實說，我暗自鬆了口氣。

總之，雖然應該不會如願，但是可以的話，我希望今後一輩子別和她有所牽扯。她就是這種類型的人。

「順便問一下，影縫小姐現在在哪裡做什麼？她那邊應該也在工作吧？」

「當然在工作，不過詳情肯定是祕密吧？鬼哥哥居然想試探，臉皮好厚。」

「我並不是以厚臉皮的心態問話……」

我只是以閒話家常的心態這麼問，但陰陽師界的保密義務比想像中嚴謹。

「如果真的想知道，就要提供你的肌肉。」

「提供肌肉是什麼狀況？」

「挖出來給我吃。」

「真凶殘！」

感覺好像雞同鴨講，又好像不是。

「……總之，聯絡不上影縫小姐也不成問題。反正入夜就會明白一切。」

「嗯？為什麼？鬼哥哥入夜就會忽然變聰明伶俐？」

「我沒有這種方便的功能……只是因為忍會醒來。」

斧乃木聽到「忍」這個名字就露骨板起臉。由於平常面無表情，板起臉就透露出勝於常人的厭惡感。

這也在所難免。

因為斧乃木以前就是在這座補習班廢墟差點被忍殺掉。不對，形容成「殺掉」不太妥當。

當時，忍明顯在玩樂。只是在恣意欺凌斧乃木。

所以招致憎恨與厭惡也是理所當然。

總之，我假裝沒察覺斧乃木的反應說下去。

「忍是怪異之王，因此肯定熟悉怪異的事，而且和影縫小姐同樣是專家的忍野咩咩，對她施以數個月的英才教育。換句話說，她是更勝於專家的專家，肯定具備和那個『闇』有關的知識。所以等到忍醒來，肯定會明白那個『闇』的真面目。」

「……哼！」

斧乃木露骨地出聲嫌棄。

這不是人類該有的樣子，但她是怪異，所以理所當然。到頭來，斧乃木原本是人類，或許形容她「成為怪異該有的樣子」比較正確。

「那種高齡老者的知識不值得信任。」

「別稱呼忍是高齡老者。」

「你說等她醒來……換句話說，那個惡劣的女人正在睡覺？難以置信……自己的主人九死一生，她卻在打瞌睡。」

「我並不是忍的主人……」

不過，這方面的關係難以說明。至少很難說明到讓斧乃木接受，畢竟她和影縫建立起完美又有條理的主從關係……我覺得一開始就放棄努力才是明智之舉。

「嗯？怎麼回事，鬼哥哥不是那個吸血鬼的主人？」

「不，是主人沒錯，甚至主人過頭到反而不是主人。她總是奉獻一切服侍我。」

「…………」

斧乃木以看著危險人物的眼神看我。

這是當然的。

「她打瞌睡也在所難免……因為剛發生一個累人的事件，她現在應該在熟睡。」

「是喔，連那樣的吸血鬼也會累啊……真意外。」

反覆進行時光跳躍，即使是忍當然也會累。如果是全盛期的忍或許另當別論……

「我不認為睡半天就可以完全消除疲勞……即使如此，無論那個『闇』是什麼東西，只要忍醒來就可以解決一切。」

「但我覺得不能過度相信。即使那個吸血鬼接受再好的英才教育，天底下也沒人熟知世間的所有怪異。包含姊姊與忍野咩咩。」

斧乃木這麼說。感覺這是討厭忍的嫉妒之詞，但她的意見有道理。

既然怪異從人的認知誕生，就代表怪異會無限誕生、持續誕生。

「忍確實不一定知道那個『闇』是什麼……不過斧乃木小妹，這樣也無妨。」

「嗯？為什麼？」

「因為忍會吃怪異。無論那個東西的真面目是什麼，她都會一口吞。總之先以緊急避難的方式脫離危機，關於那個『闇』的謎，之後再請羽川說明。」

「羽川？那是誰？」

「無所不知的傢伙。」

既然這樣，現在打電話問羽川，或許也是可行之道，但我開學典禮就蹺課，有點害怕這麼做。

『我可以告訴你，也可以讓你盡情摸胸部，但可以別再找我說話嗎？』

似乎聽得到羽川這樣回應。

「我不以為然。」

斧乃木這麼說。

我還以為她在說我的妄想，然而不是。

「不應該像這樣完全依賴他人。」

「……但我並不是打算完全依賴。」

「鬼哥哥想說這是相互扶持？『人』這個字是藉由相互扶持而成立的，不過鬼哥哥，你不是人吧？」

「…………」

「那個吸血鬼當然也一樣……給鬼哥哥一個忠告，在關鍵時刻，能夠依賴的終究只有自己。但是忍不住出手幫鬼哥哥的我，講這種話也沒說服力就是了。」

斧乃木這麼說。

今天的我要是沒有斧乃木，確實不曉得會是何種下場，但我覺得她講這種話完全是自打嘴巴。

「到頭來，我斧乃木余接不該在這種地方做這種事。」

斧乃木忽然改成說明的語氣，站了起來。

「我是因為工作而來到這座城鎮。我昨天這麼說過吧？」

「說過嗎？」

就說我不記得了。

因為在那之後發生天大的事……不是誇張，真的是天大的事。是的，相較於那次經驗，現在的狀況也堪稱絕對沒那麼嚴重……

我解決那個事件之後，毫不喘息接著陷入現在的狀況。想到這裡，就覺得真的是一波未平一波又起。

我做了什麼錯事嗎？

做過很多就是了。

何況那趟時光旅行引發的事件，完全是我愛管閒事的後果。

「不過，斧乃木小妹還真忙。」

「那當然。我不像鬼哥哥只要上學玩樂，不是這種遊手好閒的身分，非得工作才活得下去。」

「但我並不是只要上學玩樂就好的身分……」

「你今天甚至沒上學吧？」

「總之……是基於一些隱情。」

「所有人都有隱情，不准講得好像只有自己是受害者。」

「……是。」

被女童罵了。

但我無話可說，無從反駁。

順便補充一下，只穿一條四角褲坐著被女童從上方責罵，這種狀況還不差。

罵我吧罵我吧～！

「……感覺好噁心。」

斧乃木似乎有所察覺，說完就踏出腳步。

經過我身旁的時候，她明顯刻意踩住我的影子扭幾下腳。這當然是她知道忍在影子裡熟睡而做出的舉動。

真是記恨……

「那麼，告辭。」

「居然說告辭……怎麼回事，妳要回去了？」

「該說回去嗎……是回頭繼續工作。」

「不是要一輩子陪在我身邊保護我嗎？」

「這想法從哪裡來的……」

「開玩笑的。即使只有一次，妳也漂亮地救了我。這麼說來，我還沒道謝。謝謝妳，我會以某種形式回報這份恩情。」

「用肌肉？」

「不，是肌肉以外的某種形式……」

若她有所堅持，我並不是不能挖下一包腹肌送她……反正我有吸血鬼體質，之後就會恢復……但我覺得基於倫理或是人道，這種做法在各方面脫離常軌。

甚至一旦步入歧途就再也回不來。

何況記得沒錯的話，等我恢復之後，我送她的肌肉會消失。

「會以某種形式回報恩情，或是肯定會償還這份人情，講這種話的傢伙，其實完全不會回報任何東西……到頭來，像我這種不曉得何時會從世上消失的式神，恩情或人情基本上都是立刻償還。」

「立刻償還……那有什麼我現在立刻能做的事嗎？」

我真的覺得她對我有恩。

回想起來，斧乃木像那樣幫我逃離，我卻得意洋洋地聊著她討厭的忍，或許是一種失禮的做法。

說不定她是因而壞了心情，才會忽然說要離開……

即使不是如此，即使只是要回去忙工作（反正我就算問她工作內容，她也不會說吧），我也想盡力答謝。

「鬼哥哥現在立刻能做的事啊。唔～我想想……」

「我能做的事情有限，總之妳儘管說說看吧。只要說就好。」

「嗯……」

此時，斧乃木不知為何回頭往我這邊走一步。

回頭踩影子。

……就說了，不要刻意踩影子……

「鬼哥哥。」

「？」

「男生女生親！」

她奪走我的唇。突然奪走。

不是「親吻」這麼可愛的行動，真的是「奪走嘴唇」的感覺。

該怎麼說，就像是「回過神來就被扒走錢包」般出其不意，感覺像是看到一場高明的魔術。

話說，受害者！

我是受害者！

「妳、妳愛握額婀……」

我想問「妳在做什麼」，但舌頭打結。

光是沒咬到舌頭就很好了，因為我還以為她連我的舌頭都奪走！

「沒愛握額婀。」

斧乃木裝傻般這麼說。

毫不內疚、毫不害羞。

「啊～花心了花心了～鬼哥哥這樣不行喔。」

「…………………？」

這孩子說這什麼話？面無表情說這什麼話？

雖然聽不懂，卻覺得她說得超恐怖！

「……總之，信賴關係就是這麼回事……可以這麼輕易毀掉。我想教導鬼哥哥這個道理。與其說讓你償還人情，感覺做了更多人情給你……鬼哥哥背負的人情真多。不過，我有點不好意思。」

斧乃木說完轉身背對我，像是玩具玩膩之後沒收好扔在一旁。

看來她說的「花心」不是指我與戰場原的關係，是我與忍的關係。

總歸來說，就是衝著忍這麼做的……

女童真恐怖！

「那麼，努力在這場不曉得規則的遊戲活下去吧。」

「……這不是遊戲。」

「不然是什麼？」

斧乃木余接問完，沒什麼麼眷戀就離開廢墟，回頭處理自己的工作。

006

我不解釋和女童的接吻行為。

總之，純粹是我不該粗心大意。

斧乃木所說的「花心」，即使對戰場原或忍都幾乎像是一種恩怨，但我難以決定是否要向她們報告。

感覺身為戀人、身為搭檔，據實以報才有誠意，卻也覺得我只是想說出來讓自己舒坦……如果表明這份罪過（？）會強逼對方背負「原諒」的重擔，或許將這件事藏在我心裡比較好。

無憑無據！何況我是受害者！

……這種講法聽起來像是惱羞成怒……真是的，為什麼處於這種狀況，我還得抱著會爆發新問題的火種？

啊啊，好想死。

好想被「闇」吞噬而死。

這就當成玩笑話吧。

「……嗯？」

此時，我察覺到新的狀況。

斧乃木離開之後，產生更進一步的狀況。我為其戰慄！

天啊，這下子我不就和八九寺獨處？

還是在廢墟室內的陰暗空間！

而且八九寺昏迷不醒！

「…………」

不妙，我情緒猛然亢奮！

我壓低氣息，看向書桌床上依然沒有清醒徵兆，害怕逆境的一面完全展露出來的少女——八九寺真宵。

「……既然八九寺睡著，就代表我怎麼做都沒關係吧……」

我說出如此危險的話語，接近八九寺。

唔～藉口是什麼？

我要用什麼藉口才能摸八九寺？

急救？對！就是這樣！

長期昏迷或許是危險狀態，或許是危機，我非得做點事讓八九寺清醒！

這很明顯是「你才應該清醒一點」的狀況，不過在無人吐槽的密室，沒有任何要素阻止我的行動。

「汝這位大爺才應該清醒一點，呆子！」

被吐槽了。

應該說被打了。

從影子裡蹦出來的金髮幼女握拳毆打我。

「吸血鬼鐵拳！」

我在毫無警戒的狀態挨了這記好拳，就這樣螺旋飛走，狠狠撞在牆上。

「哼！」

狠狠撞牆時，又挨一記下段踢。

幼女赤腳施展的下段踢。

好舒服，相對的也以為自己會沒命。

「呃……忍，妳做什麼啊！」

「這是吾要說的，呆子！為什麼吾非得扮演汝這位大爺之良心？甚至沒辦法睡個好覺！而且為什麼會舒服！」

她說得非常中肯。

大幅脫離人類倫理道德過生活的吸血鬼，居然以這麼正當的論點對我說教……

「對不起，我只是一時興起……」

我道歉了。丟臉無比。

「但我還沒做任何事！」

「那當然。要是敢亂來，剛才之下段踢會命中寶貝袋。」

忍語出驚人，並且環視四周。這裡是補習班廢墟的教室，裡面只有我與八九寺。

「唉……」

她確認這個危險狀況之後嘆氣。

「該說千鈞一髮嗎？吾似乎在絕佳時機醒來。」

「絕佳時機是吧……」

我看向窗外。玻璃破掉的窗外，是太陽高掛的景色，距離黃昏似乎還很久……

「……妳實際只睡兩小時左右吧？」

「實在睡不深，完全無法熟睡。疲勞絲毫沒消除。」

忍咕嘰咕嘰動著頸部關節不悅回應。不曉得是睡不好所以心情差，還是對我的愚蠢行徑感到無奈所以心情差，這部分難以釐清……不對，應該兩者皆是。

「發生何事？」

「啊？」

「吾不是說過嗎……汝這位大爺與吾在精神層面相連，所以汝這位大爺內心之動搖會傳達給吾。即使吾藏身於影子或正在熟睡皆同。吾睡不好之原因，怎麼想都是因為汝這位大爺發生某些事。」

「啊啊……關於這個……」

是因為那個「闇」。因為那個東西在追我。

肯定沒錯。

雖說知覺共享（正確來說，是我單向和忍相通），但記憶並非共享，所以她還不曉得這方面的事。

嗯？

慢著，真的嗎？

從忍的樣子觀察，她確實沒「目擊」那個「闇」，但後續的部分又如何？

具體來說，我剛才和斧乃木的行為又如何？忍當時還在睡？還是已經醒來……實際狀況如何？

如同斧乃木討厭忍，忍也不喜歡斧乃木，若忍當時醒著，應該會想辦法妨礙……但她也可能處於心不在焉的半夢半醒狀態。

「話說回來，汝這位大爺。」

「咦……什麼事？」

「沒什麼話要對吾說嗎？」

…………

咦，這股壓力是怎麼回事？

是我多心？

只是罪惡感令我擅自感受到壓力？

她問我是不是有話要說，換言之是在要求我道謝，向她說「謝謝妳剛才阻止我失控」對吧？

「嗯？汝這位大爺，怎麼了？」

「那個～……」

但是，我不懂。

現在的忍和斧乃木的面無表情完全相反，露出非常淒滄的笑容……雖然是笑容，卻是難以看出情緒的表情。

嗯。試探她一下吧。

由我巧妙提問，查出忍醒來的時間。

雖說如此，如果是以平凡方式套話，忍終究不會上鉤。

這時候得繞個圈子。

「忍，話說回來，妳可以自由調整頭髮長度吧？」

「如果是汝這位大爺和式神女童接吻之光景，吾目擊了。」

「太敏銳了吧！」

我原本想繞路，她卻一直線抄捷徑，感覺像是一把抓住我的脖子。

我看向忍。

她笑咪咪的。

露出牙齒，笑咪咪的。

「……那個，忍小姐。」

「喔，謝罪嗎？謝罪嗎？真期待，這個男性扔下吾這個生涯搭檔，和那種外來之式神女童進行那種行為，如今會以何種方式道歉？」

「…………」

這傢伙這麼說，反而令我火大。明顯是在捉弄我……

雖然這個傢伙現在看起來是八歲幼女，年紀卻是五百歲，而且依照最近得知的情報是六百歲左右，是熟女中的熟女吸血鬼。

之前聽說吸血鬼的平均年齡約兩百歲，從這個基準來看，她也累積相當的人生經驗（但她不是人類）。

或許她的度量大得出乎意料，對於那種程度的「花心」可以一笑置之，甚至當成開玩笑的題材……既然這樣，她要是順便放過我想對八九寺做的行為該有多好。

總之，如果忍願意成熟一點，我也得成熟一點。

宣稱「我是受害者」或「沒有證據」死不認錯，今後和忍的相處將會變得尷尬，既然這樣，還不如趕快道歉。而且要讓她好好理解，她是我唯一的搭檔。

「那個。忍。抱歉，是我不對……」

「總之，這種事一點都無所謂。」

她潑出這桶冷水。

在絕佳時機潑我冷水。

虧我想到很棒的臺詞！

「畢竟汝這位大爺和周遭女性打情罵俏是家常便飯。」

「忍，沒能欣賞我全世界最漂亮的磕頭姿勢，妳將會後悔一輩子……」

「吾之主只穿一條內褲磕頭之姿勢再怎麼美，吾亦不想看……若是事到如今還想問吾幾時醒來，吾是在汝這位大爺和那個憑喪神姑娘接吻之瞬間清醒。正是在那一瞬間清醒。汝這位大爺之心臟撲通撲通跳得如同全速狂奔一樣快，吾因而嚇醒。此為共享知覺造成之心臟震動功能。」

忍說完露出笑容。

不，等一下。

別講得好像我和女童接吻，內心會動搖、興奮到讓妳清醒的程度。

感覺我好像是個超沒經驗的小鬼。

「因此吾幾乎沒理解現狀。這是何種狀況？大致看來，吾只覺得是汝這位大爺綁架少女與女童監禁於此，卻因為女童主動獻吻，一時疏忽讓她逃之夭夭。」

「為什麼這樣解釋？忍，妳內心好骯髒。」

「但吾認為汝這位大爺之手才骯髒……」

「總之聽我說。」

繼續追究斧乃木的事，我在精神層面會不好受，但我轉移話題的最主要原因，是想知道那個「闇」的真面目。

即使忍不知道……斧乃木講過這種話，但這始終是無法消除的可能性，我想忍應該知道。

既然這樣，我想盡早知道。希望她告訴我。

「闇」。

忽然出現，如同追著我們般緊跟在後，卻突然繞到前方，吞噬我愛車的「闇」。

如果不是斧乃木將我與八九寺推落腳踏車，當時我與八九寺恐怕也已經一起被吞噬，這種事不難想像。不對，沒有想像的餘地，坦白說超乎想像。

何況我甚至不確定菜籃腳踏車是否真的被那個「闇」吞噬，是否因而消滅。我沒有「目擊」那一瞬間。

單純是因為「闇」位於腳踏車的行進方向，而且腳踏車後來不見，所以我沒深思就將這兩個現象連結起來推論。

那個「闇」的形象，無論如何都會令人聯想到黑洞，所以我覺得腳踏車是被吸進去……但是嚴格來說，連這部分都不清楚。

盡是令人摸不著頭緒的事。

春假事件、黃金週事件；戰場原、八九寺與神原的事件；以及在那之後發生的各種事件，所有事件的現象本身都很清楚。例如遇見瀕死的吸血鬼，或是妖貓在鎮上囂張跋扈之類的。

但是，這次連現象都不明。

若要說怪異，基本上就是不明事物的象徵，那只能言盡於此……而且我也認為這種說法沒錯，但是反過來說，怪異是「不明事物」以「明確形式」存在的東西吧？

既然這樣，那個「闇」打從一開始，就和怪異的定義矛盾。

是象徵，又是徹底的異端。

只是漆黑的存在。

「……又不是煤炭球。」（註6）

「嗯？什麼？」

「不，沒事……我沒在說吉卜力電影。」

「說謊。剛才在說龍貓之話題吧？話說在前面，吾對龍貓很講究喔。」

「拜託一下，請不要離題……」

沒想到我居然會主動提出這個要求。

註6　出現在動畫電影「龍貓」與「神隱少女」的妖怪。

「什麼嘛，吾原本還想模仿所有角色，講整套臺詞給汝這位大爺聽。」

「那不就要花一個半小時？」

「真期待改編成動畫時將如何處理，版權問題會很複雜喔。」

「不用擔心，改編成動畫時不會做到這一本……絕對不會。動畫和小說不一樣，正如預定是在《偽物語》完結。」

「什麼？居然對吾這個劇場版動畫女主角講得如此沒禮貌？」

「…………」

這位劇場版動畫女主角大人，很明顯得意忘形。

明明在第一期動畫，連一句臺詞都沒有……

「好期待。吾將手插進腦袋搜尋記憶的場景，不曉得會以何種方式製作成影像，真的好期待。」

「用不著一一提及肯定會剪掉的場景。這是什麼開場白？總之聽我說吧。」

「哼，呆子，吾拒絕。明明平常就閒聊各種話題，卻只在自己有話要說時試圖跳過廢話橋段繼續對話，即使上天容許此等稱心如意之做法，吾亦不容許。吾接下來要使用大約一百五十頁之篇幅宣傳傷物語動畫，本集劇情則是以條目形式作結，汝這位大爺就好好抱持覺悟……唔咕！」

我以接吻讓她閉嘴。

摟著她的背，將她拉過來吻。

這明顯是我主動索吻，在畫面上無從掩飾。

「這、這是在做什麼，汝這位大爺……當、當自己是義大利男性？」

「總之聽我說。發生了天大的事情。不對，我甚至不清楚是不是天大的事情，不過聽我說吧。我需要妳的智慧。」

「好、好啦，既然汝這位大爺如此堅持……」

忍像是雙手閒得發慌般玩弄金髮瀏海，臉紅做出嬌羞的反應。這一面好可愛。羞澀得不像是活了六百年。剛才的大器量不曉得跑去哪裡。

「吾並非不願意聽。說吧。」

「我好不容易和妳一起歷經時光旅行回來，走下那座山之後，遇見八九寺。」

我原本想加快速度述說，但開場白還是拉得好長。我朝向死撐著繼續熟睡的八九寺（這傢伙該不會只是裝睡吧）一瞥，開始向忍說明。

藉由述說，我自己肯定也能做個整理。

前提是這段物語有東西可以整理。

「喔，要說巧合亦實在太巧。」

「不，我覺得現在講這句話還太早……總之，八九寺昨天將背包忘在我房間，所以一直在找我想拿回背包……後來為了還她背包，我和她一起回到我家。感情很好、感

情很好、感情非常好地回到我家。」

「汝這位大爺為什麼如此強調『感情很好』？」

「…………」

因為八九寺今天的發言，莫名有著強烈討厭我的傾向，但我不能說出這個原因。我即使將自己的玻璃心（比至今更加）展露在搭檔面前，也不會造成任何助益。

「總之，到這裡沒發生什麼風波，我很正常地歸還背包……我將真的沒翻過內容物的背包，好好交給在家門前等我的八九寺。」

「總覺得汝這位大爺之敘述，動不動就透露出心虛之氣息。吾感覺像是在和惡人無膽之輕刑犯交談。」

「別說自己的搭檔是惡人無膽之輕刑犯……咦，剛才說到哪裡？」

「說到汝這位大爺費盡心思要帶八九寺到家裡。」

「對對對，就在我把握這個機會，要發揮各種手法的時候……並不是，我完全沒提到這種事。我是盡到長輩對晚輩應盡的義務，為了讓她健全發育，溫柔邀約她一起共進午餐。」

「她是幽靈所以不會發育。何況午餐內容是速食。」

忍為什麼知道是速食？她看透我到何種程度？這也太敏銳吧？

「就在這個時候，『那個東西』唐突出現。」

我壓低聲音這麼說。

即使是我，也無法笑著述說接下來發生的事。

「闇」突然出現在我們身旁。

瞬間的逃走。追趕。

湊巧經過的斧乃木救出我們，最後以「例外較多之規則」脫離版離開現場。我一氣呵成、口若懸河、滔滔不絕地說到最後。

該說正如預料嗎？我想趁述說時整理狀況的計畫完全落空。反倒是越說越混亂。

仔細想想，我總覺得剛才和八九寺一起手忙腳亂慌張逃離的做法很奇怪……我現在該做的事情，或許不是對依然很睏的忍講這些莫名其妙的事，而是回家打電話向戰場原與羽川謝罪吧？我甚至開始這麼想。

「……這就是事件經過，怎麼樣？總之，如果妳心裡沒底也完全沒關係……」

所以我在最後，自然而然對忍使用比較低姿態的語氣。天啊，甚至有點難為情。

「…………」

不過，忍面對我這種堪稱卑躬屈膝的態度，表情反而很正經，也沒按照慣例露出淒滄的笑容。

而且忍越是聽我述說，越是聽我敘述「闇」的事情，表情就越是嚴肅。

剛開始真的像是抱著打趣的態度聽我說……最後卻像是在對我生氣。

汝這小鬼居然講這麼無聊之事情給吾聽，與其說是怪異奇譚更像鬼故事吧？她現在或許是這種感想……

畢竟我也一樣，如果睡到一半被叫醒，還得聽別人說一些沒造成實際危害的幻覺經歷，我應該也會生氣。

「汝這小鬼居然講這麼無聊之事情給吾聽。」

我如此心想時，忍說出正如我預料的臺詞。

但她說話的音調，和我想像的不太一樣。

差很多。

「害吾因而回想起討厭之往事。」

「咦……？」

「沒事……吾只是胡亂發洩情緒，汝這位大爺沒有任何責任……這反倒是吾之緣分，或許該形容為業障……這麼一來，對方之目標反倒是……」

忍嘀咕著莫名其妙的事，一副深思的樣子……應該說一副試著回憶往事的樣子。

如果現在的忍做得到，她真的會使用那種記憶手術。也就是手指插入腦袋攪拌自己的腦。

「怎麼回事，忍……換句話說，妳心裡有底？」

「嗯？吾心裡……嗯，有底……不對，還不確定是否能斷言有底……」

她回答得很含糊。忍的賣點是講話斬釘截鐵，甚至可以形容為斷言癖好，很難得看到她這個樣子。

雖然這麼說，最近……也就是在時光旅行時，忍也展露過類似的含糊態度，但這次的狀況和當時不同。

因為忍這次只在影子裡睡覺。

「忍，怎麼了，不是說好絕不隱瞞嗎？妳知道什麼事情就告訴我吧。妳這種態度就代表妳心裡有底吧？我剛才提到的『闇』，妳知道真面目為何吧？妳知道那是什麼樣的怪異吧？」

我順勢像是進逼過去般詢問，但我咄咄逼人的樣子，沒讓忍驚訝或慌張。

「算是吧。」

她繼續維持含糊的態度。

「不，真要說是否知道，吾知道。然而……」

但是，忍的態度果然有種生氣……憤怒的感覺。

我剛開始以為她在對我生氣，卻不是如此。

她是對某種更加模糊的事物感到不耐煩。

「嘖……這下麻煩了。想到接下來之演變就令吾憂鬱……明明才毫不誇張地剛拯救世界，為什麼非得遭遇這種風波……不過這亦是命中註定嗎……」

「……慢著，所以說，忍……」
「不知道。」
此時，忍像是將心中複雜交纏的各種感情絲線一起斬斷，忽然以舒暢表情看向我這麼說。
說出和剛才完全相反的話語。
「咦，可是……妳剛才不是說『真要說是否知道，吾知道』嗎？」
「汝這位大爺，吾之意思是吾不知道那種怪異。」
「啊？」
「如同汝這位大爺已經隱約察覺，該『闇』並非怪異。那個夏威夷衫小子亦會這樣說吧。其並非怪異，本質和怪異這種玩意兒不同。」
「…………？」
慢著……
總之，忍這番回應，就某方面來說或許不值得驚訝。因為我自己確實質疑那個「闇」是不是怪異……覺得可能是另一種不同的現象。
所以我不驚訝。
明明肯定不驚訝，雖說如此……
「什麼嘛，原來是這樣。那我就放心了，事件就此落幕！」

我實在說不出這種話。

何況忍的說法不對勁。身為怪異之王的忍，居然說那個東西的本質。和怪異這種「玩意兒」不同。

「受不了……真是傷腦筋。應該說無奈。那種荒唐『現象』居然尚未結束。」

「尚未結束？尚未結束是指……」

「該現象沒有名字。」

忍斷然這麼說。

不曉得是終於恢復平常的步調，還是純粹只是終於清醒。

她如此斷言。

「汝這位大爺稱為『闇』之『那個東西』，吾以前就見過。吾所說『回想起來』就是指這件事。」

「回想起來……記得妳剛才說妳回想起討厭的往事……怎麼回事？妳說的以前大約是多久以前？」

「大約四百年前。」

「四百年？記得當時是……」

「沒錯。」

忍這麼說。以正經表情，嚴肅地這麼說。

先不提她的果斷語氣，這張表情本身非常罕見。

「是吾上次造訪這個國度之時。」

「…………」

「換言之，是吾製作第一個眷屬之時。吾當時被那個『闇』波及。」

忍這麼說。

「不對，應該說被吞噬。」

「被……吞噬……」

「被丟臉之事吞噬。昔日之吾亦是年少輕狂啊……」

她以幼女外型這麼說。

「哼，沒什麼好懷念，而且吾亦盡量不想說，但事到如今應該無法如此任性。既然『那個東西』出現，要是扔著不管，以最壞之狀況，這座城鎮的一切都將毀滅。」

「整個……城鎮……？」

然後，開始了。

忍野忍……不對。

是鐵血、熱血、冷血的吸血鬼。

姬絲秀忒·雅賽蘿拉莉昂·刃下心的往事，在跨越四百年時光的現今重提。

007

「話說，吾亦久違回憶起當時之往事。因為到吾這個年紀，記憶已經不再累積。形容為活在當下很好聽，總歸來說就是及時行樂。

只記得快樂之事，逐漸忘記討厭之事。

因此吾心情難免不愉快。因為忽然回想起完全忘記之往事，而且是吾不願回想之事件。

雖說如此，吾完全不打算責備汝這位大爺，這方面可以盡情放心。該怎麼說，汝這位大爺本次難得完全處於遭殃之立場，不是主動插手管閒事。

不過，汝這位大爺聽過吾接下來述說之往事，應該會一如往常親上火線吧，而且吾亦會奉陪。

接下來會講得有點久。至少非得用掉吾原本要宣傳劇場版之大半篇幅。

什麼？完全無妨？講得真冷漠，這是吾歷經漫長時光，總算得到之表現機會啊。

總之，春假那段往事，要當成回憶亦是普普通通。不過多虧那個討厭之夏威夷衫小子，那段回憶姑且是以壞結局之方式圓滿收場。

咯咯咯……若是那個時代之吾，應該不會一時疏失被那種夏威夷衫小子得逞。

因為當時之吾，處於全盛時期。

並非現在之幼女狀態。
並非汝這位大爺喜歡之蘿莉體型。並非洗衣板，而是波濤洶湧。
姬絲秀忒·雅賽蘿拉莉昂·刃下心。
鐵血、熱血、冷血之吸血鬼。
傳說之吸血鬼、怪異之王。
不受任何人束縛、不受任何影子束縛、隨心所欲地生活。
尋死？
不不不，吾是後來才成為尋死之吸血鬼。汝這位大爺居然記得如此初期之設定，所以吾才說聊往事會不好意思。
雖說如此，嚴格來說，這並非第一次向汝這位大爺提到這段往事。製作第一個眷屬之過程，吾肯定說過一次。
但當時只是大略提及。
記得吧，就是春假在這棟建築物樓頂。
當時吾沒詳述來龍去脈。不過換言之，吾借給汝這位大爺使用好幾次之妖刀『心渡』，亦是在當時取得。
總之，在進入正題之前，稍微做個開場白，應該說提醒一些注意事項吧……換言之，吾接下來要述說第一個眷屬之往事，述說製作第一個眷屬時之往事……但汝這位大爺別嫉妒啊。

不，並非說笑。

何況對吾而言，這並非笑話。

總之，擁有吾這種貞操觀念之吸血鬼很罕見。一般來說，製作眷屬之行為是在繁衍種族，亦即建立家庭。

即使昔日這段關係，不像吾如今和汝這位大爺之關係一樣錯綜複雜，但是和汝這位大爺完全無關之人物，曾經在某段時間和吾處於主僕關係，這件事聽在汝這位大爺耳裡絕對不是滋味。

應該說，或許只是吾希望如此。

相較於剛才那個憑喪神丫頭和汝這位大爺接吻之『花心』行徑，這在本質上有些不同。因為當時之吾亦是抱持認真心情……沒錯，如同將汝這位大爺收為眷屬時一樣認真。

吾收汝這位大爺為眷屬時，原本就打算讓汝恢復為人類，所以當時之心態，搞不好比汝這位大爺那時候還認真。

至少吾沒有抱持輕浮心態。

所以，汝這位大爺務必好好吃醋。

換個簡單說法，從現在汝這位大爺來看，這個人應該是吾前任男友。抱歉吾之純潔特性於此時遭到否定。

慢著，哎，講到這種程度是玩笑話。

事到如今即使聊起往事、回首從前，吾與汝這位大爺之信賴關係亦毫不動搖。吾明白這一點。

接下來是真正之注意事項，用心聽好。這並非普通之往事，是和現今相連，延續至今之物語。

四百年。

這是吾人生之大半……卻是眨眼即逝。

如同一瞬間。

記憶亦很模糊，畢竟直到剛才都忘得乾乾淨淨。

好啦，該從哪件事說起呢？

應該說，吾不曉得要從哪裡說起。

這樣吧，先從經緯——吾造訪日本這個國家之經緯說起。但當時這個國度尚未被稱為日本。

記得日本這個國名，是在短短幾十年前成立？前一個名字是大日本帝國……再往前叫什麼？汝這位大爺是考生，肯定知道吧？

啊，日本這個稱呼本身早已存在？這樣啊……吾不太清楚，日出之國？這就是由來嗎……

總之到頭來，當時之吾比現在還不清楚各方面之事。無論是好是壞都不曉得，對人類文化亦一無所知。

何況別說國名，吾甚至不曉得這種地方有這種列島。吾跳進海裡想來場海水浴，卻發現眼前有陸地而嚇一跳。

對，海水浴。

慢著，要是汝這位大爺說吸血鬼無法渡海，或是無法跳過流動之水，講這種常識觀點只會令吾為難。

『擁有』吾之能力，曾經和吾『交戰』之汝這位大爺，應該比任何人都清楚吧？吾是跳脫這種法則，物種特殊又珍貴之吸血鬼。

何況當時是全盛時期、最盛時期。

是最盛時期，亦是再生時期。

吾既然是吸血鬼，當然『設定』了該有之弱點，例如怕陽光、怕大蒜或十字架等等，但吾當時擁有之再生能力遠勝過這些弱點。

陽光一將吾之身體化為灰燼，不對，在化為灰燼之前，吾之軀體就已經恢復。若按照生物學將當時之吾細部分類，應該是異常再生型之吸血鬼。

即使是曾經數度折磨汝這位大爺之『毒』，亦對當時之吾不管用。因為毒一發揮效果，在發揮效果之前，吾之機能就逐漸恢復。
吾來日本之前，位於南極。
嗯，南極。
因為想看極光……啊啊，就說了，吾當時並未尋死，單純是旅行者。
吾當時周遊世界各地景點。而且全世界之吸血鬼獵人都想取吾性命。
不不不，不是在講德拉曼茲路基、艾比所特或奇洛金卡達他們，是那個時代之獵人們。
該說真的令吾不敢領教嗎……那是個完全無視於人權意識之時代。
人類世界在短短四百年變得真多……當時即使不是吸血鬼，只要是不死之身就會面臨生命危險。
但吾未曾在意過這種事，甚至樂在其中。吾厭倦並討厭這種戰鬥，是再隔一段時間之狀況。
想尋死亦是後來之狀況。
當時真的只是單純地、天真又純粹地享受旅行。極光真是漂亮。
極光很棒喔。有生之年最好去看一次。
最近世間流行地球暖化等言論，但遲早還是會迎接冰河期吧，到時候日本應該亦看得見極光，別錯過啊。

前提是汝這位大爺壽命夠長。汝這位大爺即使是不死之身亦似乎會早死。

但是從結果來說，吾失敗了。

吾即使是奔放不羈之旅人，即使想看極光，亦只有南極是吾不該去之地方。正確來說，北極亦然。

不，並不是因為怕冷。吾是吸血鬼，反倒耐寒。畢竟不死之身亦代表沒體溫……

講到這一點，就得連帶說明吸血鬼和喪屍或幽靈之關聯性，會有些複雜。

問題在於南極無人。說穿了即是無人島。不過正確來說，記得北極不是土地，只有浮冰……總之汝這位大爺應該亦明白。

怪異無法和人類相容。

然而怪異須有人類才能成立。

沒有目擊證詞、沒有經驗談，怪異奇譚就無法成立。吾再怎麼對企鵝或北極熊展現不死或怪物之特性，牠們亦不會傳為話題。

都市傳說。

街談巷說。

道聽途說。

只要無人，這三種都不成立。

即使沒凍死，但是該怎麼說，吾感覺到己身存在力逐漸薄弱，覺得這下不妙，是天大危機，不是看極光之場合，再這樣下去，吾將會變成極光。

不，這番話無意義。

吸血鬼死後不會變成極光，世間沒這種浪漫之傳承。似乎某些地方傳說極光是死者們之靈魂，但南極甚至無人述說這種傳說。

南極現在有人類？南極觀測隊啊……喔，那吾算是他們之急先鋒。但吾沒發現任何東西，亦沒觀測任何東西。

無論如何，再這樣下去，吾這個偉大之存在將會消失，這是地球之損失，吾在打倒太陽之前不能死，因此吾匆忙離開南極。

像是格鬥遊戲那樣，以特殊指令之大跳躍離開南極。

即使是吾，亦得先彎曲雙腿再跳躍。嗯？憑喪神姑娘之跳躍？啊啊，這麼說來，剛才提過這件事。

『例外較多之規則』脫離版。

哼，那種招式和吾沒得比。坦白說，吾跳躍之反作用力，差點毀掉南極大陸。

但吾有多加注意，以免造成此等後果。

即使無法一直留在南極，但該處很舒服，吾打算當成別墅，在不想見到他人時再度回到該處。相對的，吾完全沒思考著地位置之問題。

當時是隨意亂跳，吾認為應該會落海，打算就這麼游個泳舒暢身心。

地表七成是海洋，因此按照機率，一般來說應該會落海。雖說是亂跳，但吾姑且朝著太平洋之方向跳。

孰料，這個國度出現在吾腳下。

嗯？那是什麼表情？

慢著，無須擔心，吾並未踩毀這個國度。若是正常著地或許有可能，但吾之好運於此時發揮作用。

吾落入湖裡。

不過，那座湖因而消滅。

格局莫名地大？

就說了，這是吾全盛時期之事蹟。

這麼說來，汝這位大爺幾乎沒看過吾全盛時期之模樣，對吾之第一印象尤其差。吾之格局基本上很大。

總之，湖。吾落入湖面。

不對，後來吾之雙腳踩到湖底，果然該形容為著地吧。

而且，物語即是從這座湖消滅時展開。

稱不上精彩之鬼物語，就此展開。」

008

「哎，吾已經知道物語之結局，換句話說，這段物語將淒慘落幕，這在吾心中是自明之理，所以述說時實在提不起勁。雖說不是什麼動人物語，卻並非完全是討厭之回憶，並非吾完全不願意回想之往事。

畢竟吾如汝這位大爺所見，個性隨便。

該說隨便還是隨興，抑或是隨遇而安，吾總是隨便過生活，不太深思。

吾在吸血鬼之中特別長壽，或許亦是這個原因。因為吾不去深思，總之以享樂當成人生宗旨。

因此，在那座村莊發生之事，亦是挺快樂之回憶。

村莊之名字，吾忘了。

不，在這方面，與其說是忘記，不如說吾一開始就沒試著記憶。汝這位大爺亦很清楚，吾這個吸血鬼，當時幾乎對人類社會文化不感興趣。一切看在吾眼裡都相同，想區分亦無法區分。

甚至連人種都無法辨別。頂多只覺得這個國度之人類，不知為何尺寸都小一號。

如今發育良好之男性並不罕見，但在四百年前，所有人之身高都和現在之汝這位大爺差不多。

嗯。

何況現在反倒是吾變得更小，世事真是難以預料。總之，抱歉以這種方式敘述會不好懂，但接下來之村莊名字、人名等專有名詞並不正確。

應該說是吾隨便編的。

憑感覺。

即使是稱不上亂槍打鳥之瞎猜，大致亦不會錯得太嚴重。因為到頭來，吾只做得到『村子』、『男性』、『女性』、『孩子』這種程度之區分。

或許連這方面都搞混。

混淆不清。

吾消滅之湖，恐怕亦有某個名稱，吾不記得了……但那座湖挺大的。

這麼說來，討人厭之夏威夷衫小子說過，名為琵琶湖之湖，相傳亦是非人之物留下之腳印造成，但以吾之狀況完全相反。吾之腳印消滅了一座湖。

雖說如此，並非沒有外因。

與其說是外因，不如說當時之條件，有利於吾做出這種大規模之事蹟。當時那座湖之水量似乎很少。

因為日晒。

那個時代還沒有水壩，因此地球暖化……應該說乾旱造成嚴重災情。

真的是攸關生死。

汝這位大爺活在得天獨厚之時代，或許難以理解……畢竟當時甚至沒有基礎建設之概念。吾現在講得像是很同情當時之人民，但當時之吾當然沒這種概念。

怪異沒有人類就無法存在，怪異被人類目擊，才首度以怪異之概念成立。雖說如此，這只是一種理論。進一步來說，只不過是紙上談兵。

吾不可能因而對人類抱持感恩或感謝之意，反倒覺得人類居然會因為陽光過強而逐漸衰弱而死，捧腹大笑吐槽他們簡直是吸血鬼。

這是黑色笑話。

然而，吾無預期地拯救了這群脆弱之人類。問吾以何種方式拯救？吾自認剛才已經說明過了……

吾不是說吾消滅一座湖嗎？

但吾並非炸彈。畢竟吾亦提過吾沒體溫。

以吾之狀況，由於再生機能強大，因此不可能沒體溫，但這件事暫且不提。

換言之，吾以數馬赫之速度猛然落在湖底，即使導致湖水乾涸，亦不表示湖水憑空消失。

而是如同蒸發。

總之，當時高速之吾，或許因而帶著些許高溫，但這種高溫亦被吾『再生』為常溫，所以吾落水著地時，體溫處於極為符合常理之範疇。雖然從南極跳到這座湖就是超乎常理之事，但這部分暫且不提。

言歸正傳，汝這位大爺覺得這樣造成何種後果？這種現象等同於從正上方扔一顆石頭到深水裡。慢著，無須深思，以正常概念推測即可。

沒錯，『水會往上濺起』。

湖水幾乎全部濺起。

即使吾消除身上熱量，亦無法連動能一同消除。濺起之湖水亦極為符合常理，先是飛上高空，再依循重力落到地面。

成為『雨』。

慢著，應該可以形容為雨吧？水從天而降，所以是雨吧？何況吾哪可能說明氣象機制？吾並非因為長壽就無所不知。別期待吾是老奶奶那樣之生活知識家。吾說過，吾總是活在當下。

總之，吾做出『降雨』之行徑。

說來有趣。在那個時代，這是堪稱頂級之『德行』。

汝這位大爺或許覺得只是降雨何必大驚小怪，或是無法理解這為何是偉大德行，吾就親切地以簡潔易懂之詞來形容吧。沒錯，就是『奇蹟』。

畢竟那是必須賭命求雨之時代。即使不是因為吾著地，毒辣陽光造成之乾旱，依然嚴重到害得地面龜裂。

吾認為和當時相比，太陽如今亦變得圓融多了，不過得視區域而定。總之汝這位大爺至少記住當時之時代背景吧。

吾在這種時代背景，在這種地理環境，做出『降雨』之行徑。這麼做之結果，使得吾拯救許多性命，甚至包含湖泊周圍之聚落，拯救了廣範圍之區域。

吾當然不打算引以為傲，亦完全不想炫耀，因為吾沒這種意願，不認為拯救人類多麼偉大。何況一個不小心將是大災難。

要是當時偏離湖泊著地，例如在聚落正中央著地，往上飛的或許就不是湖水，而是日晒龜裂之地面。即使不會影響整座列島，亦會害得一兩個村莊天翻地覆，造成大災難。

吾亦是為了避免這種結果，跳躍時才以海面當目標……總之，吾基本上對人類生活或文化毫無興趣，即使如此亦不喜歡主動虐殺，因此能避免當然會避免。

但若無法避免，就不會避免。

畢竟吾是怪異，是吸血鬼。

吸血鬼是盛行自殺或同類相殘之頹廢部族。人類當時之道德觀念，應該和現在有所不同，吾之道德觀念亦是如此。這是在所難免，要和四百年前維持相同之角色形象過於困難。尤其以吾之狀況，如今受到汝這位大爺強烈之影響，因此多少能夠理解人類，但當時並非如此。

汝這位大爺是現代人，又比較站在人類那一邊，這番話聽起來應該很刺耳，但實際就是如此。總之吾並非為了成為周遭村莊之救世主而掀起湖水。

吾在這部分要講明。

述說這種超脫吸血鬼傳說之救世主傳說，亦無意義可言。到頭來，吾宣稱能避免就會盡量避免，實際上卻失敗。

落在湖泊只是一場偶然。

很不巧的，吾之偶然行徑被人目擊……不對，應該形容為『湊巧』？

因為吾是為了尋求吾這個怪異之『目擊者』，才下定決心從南極使用特殊指令之大跳躍。

吾引發『奇蹟』之瞬間立刻有人『目擊』，吾反倒應該認定這樣非常成功，應該為他人之『目擊』舉手高呼萬歲。

不對，考量到後續進展，果然得形容為不巧……不巧至極。

話說回來，汝這位大爺知道人們如何稱呼『奇蹟』之引發者嗎？

無論是怪異還是人類，『奇蹟』之引發者會被稱為……汝這位大爺應該大略猜測得到。

是的。

奇蹟之引發者，會被稱為『神』。

正確來說，無論引發奇蹟的是怪異或是人類，都會被拱為『神』。」

009

「被拱為『神』……？」

我聽忍說到這裡，不由得回以疑惑的反應。其一在於忍這番話聽起來實在誇張，其二是覺得忍現在這番話，和我們現在要處理的「闇」相差甚遠。

「聽在汝這位大爺耳裡很荒唐嗎？」

「啊，不是……還好啦。」

我內心想法被說中，稍微慌張。

即使不用做到斧乃木那樣極端地面無表情，我或許應該多學學如何隱藏情感。

我太容易被看透。

即使不是忍野，也可以看透我。

「總之，是沒錯啦……啊，不過這麼說來，記得妳說過曾經受邀成為神？」

記得我在春假遇見她沒多久，她就這麼說過。

是將我「打造」為「吸血鬼」之後的事。

忍感受到我想從吸血鬼恢復為人類的心情，說她「明白」這種心情。

她說她也曾受邀成為神卻拒絕，所以明白我的心情。

所以她要讓我變回人類。

「這件事就是當時發生的？」

「總之，就是如此……然而像這樣回想，就覺得實際上與其說是受邀，更像是半強迫被拱為神……因為沒有交涉之餘地。」

「沒有交涉餘地……畢竟妳確實在他們面前降雨……該說百聞不如一見嗎……」

嗯？

慢著，但要交涉不就得……

「忍，在妳說下去之前，我想確認一件事。妳當時會說日語？妳和當地人，和當時妳所拯救、目擊到妳的日本人，可以好好交談……可以溝通？」

「不，沒辦法。」

「我想也是。」

因此，雙方根本無從交涉。

忍甚至不知道日本的存在，當然不懂日語。

「這樣的話，妳是在當時學日語？」

這麼說來，她似乎提過這件事。

「嗯，不是很流利地學習。但吾全盛時期很聰明，何況大多數人將吾當成『神』來『崇奉』，要學習這些人使用之語言，無須太多時間。」

「是這樣嗎……」

「而且如今則是從汝這位大爺學習現代日語。像是『萌』、『傲嬌』、『麻花辮波霸班長』等等。」

「給我忘掉『麻花辮波霸班長』這個詞。」

我不記得教過妳這種詞。

再怎麼樣也千萬別用在羽川身上……何況她已經不是麻花辮。

但無論她是什麼髮型，我都超愛的！

「不過，居然半強迫被拱為神，這不像妳的作風。即使語言不通，妳使用特殊指令的大跳躍不就可以逃走？」

「逃走？誰逃走？吾？」

忍無懼一切地輕哼兩聲。

她為什麼能對搭檔露出這麼討厭的表情？我著實覺得神奇。

「吾不會背對任何人。吾生為吸血鬼至今未曾逃走。」

「…………」

是嗎？總覺得次數挺多的……

何況到頭來，妳宣稱自己天生是吸血鬼，但記得妳其實原本是人類吧？還是說這方面也「記不得」了……這種記性真是稱心如意。

就是這樣才如此長壽。

「總之，對方強行邀請，吾亦沒有理由強硬拒絕，想說偶爾被當成神亦不錯……想像吾當時之心態應該是如此。」

「這樣啊……不過，『被拱為神』是吧……」

忍也說過，我不清楚時代背景與當時的狀況，所以聽起來實在沒有真實感。

難道我的大腦和平過頭？

「在那個時代，降雨是德行最高的奇蹟，這我不是無法理解……可是感覺某些怪異也做得到這種事。唔～妳想想，像是雨降（註7）之類的。」

「雨降可不是怪異啊……不過，在持續豪雨造成水患時，或許會被當成怪異吧。到頭來，凡事皆以狀況下定論。」

「狀況嗎……啊，這麼說來我聽過，現代可以在某種程度操縱天候……像是用飛機移動積雨雲，讓天氣硬是放晴、硬是變陰、硬是下雨……即使比不上基因操作，我也

註7 海水腹足綱軟體動物，中文名為「海兔」，「雨降」為日文漢字。

覺得這確實是超越人類領域的技術，這就是『奇蹟』背地裡的意思吧？」

「沒錯。若有人能操作基因立刻治好各種疾病，毋庸置疑將會是現代之『神』，亦會受到崇奉。但這不一定是好事。」

「？」

「在缺乏信仰之現代，弒神亦不無可能。擁有出類拔萃之技能，就會遭受覬覦。包括技能與生命。不對，弒神行徑從數千年前就在世界各地出現，幸好吾沒遇到。」

「原來妳沒遇過？」

真意外。

她說這件事以壞結局收場，我一直認定是這樣的結尾……不對，這樣的話，忍這番話就沒有「闇」介入的餘地。

依照現在的進展，我還是無從預料究竟會在什麼時候，在什麼階段提到「闇」。

「怎麼回事，吾當時沒遭遇弒神危機，令汝這位大爺如此失望？這個聽眾之期待真過分。」

「不，並不是那樣……」

「不用擔心，前因後果會好好串聯起來。吾沒想過要巧妙打馬虎眼，想辦法宣傳劇場版。」

「妳根本就想過吧？」

「哎呀，真意外。吾知道要上映劇場版，卻沒想到是3D。」

「不准放假消息……」

是2D電影，2D。

不准為了票房說謊。

「沒想到班長之胸部，會像那樣彈出來！」

「不會彈不會彈。」

「慢著，先不提會不會彈，但電影不同於電視，尺度比較寬鬆，所以無論是胸部或血花都可以盡情呈現吧？」

「…………」

我因而得知，在這個幼女的觀念中，胸部與血花可以相提並論。真恐怖。

「就說了，不准若無其事打片。繼續說妳那段往事……第一個眷屬的事吧。」

我當然想知道「闇」的來歷，不過老實說，我對第一個眷屬也感興趣。

要說這是嫉妒或吃醋，感覺像是早已被忍看透，令我無法釋懷，但我身為忍……應該說身為姬絲秀忒·雅賽蘿拉莉昂·刃下心的「第二個眷屬」難免在意。

無論如何都會在意。

「用不著提醒，吾亦會說下去。但某些部分亦是吾述說時才回想起來，加上年代久遠，因此記憶有些模糊，無法清楚回憶細節。」

「…………」

真不可靠。

拜託了，忍小姐。

「首先，再稍微說明一下事件背景吧。但不是時代背景，是偏重於地理環境。」

「地理環境？咦，也就是那個地區遭遇乾旱吧？這部分我已經明白……」

「不，不是氣候，是吾所消滅那座湖之細節。那座湖即使不到琵琶湖之程度，似乎亦為一種信仰對象。周邊居民將那座湖尊為『神之湖』並祈願，換言之就是求雨。要嘲笑他們愚蠢很簡單。即使這個國度居住八百萬之神，卻把湖亦視為神，並且向湖求雨？與其這麼做，還不如將湖水一桶桶打回來使用。」

「…………」

話說，既然妳消滅居民信仰的湖，妳自己正是弒神者吧？

我不會說出口吐槽就是了……

「所以，是正在求雨之鄰近居民目擊吾。吾在他們眼中應該像是從湖中誕生吧。吾如同湖水化為肉身而登場。」

「……而且，雖然這麼說也不太對，但是對於當時的日本人來說，金髮金眼又高䠷的妳忽然出現在面前，看起來應該很神聖……」

實際上不是神聖，是災厄。

但是實際上，這兩種形容方式給人的印象或許沒什麼差異。因為我首度『目擊』忍的時候，同樣為她的美麗著迷。

甚至願意拋棄自己的生命。

基於這層意義，怪異與神應該真的沒差別。畢竟之前附身在戰場原的蟹，也是神的其中一種形態。

至於相對的惡魔，我想想……

神原的猿猴應該算吧？

不過，那個惡魔也是讓她實現願望，亦即引發「奇蹟」的猿猴。

就像是印證神與惡魔是一體兩面的學說……

「哼，稱讚吾亦不會有獎賞。」

忍如此回應，看來她將我這番話解釋為稱讚，一副喜形於色的樣子。

「總之，我並不是在說客套話或出言附和，尤其是當時的日本，很難有機會看見外國人。」

「就說稱讚亦不會有獎賞，真是聽不懂之傢伙。汝這位大爺說得再多，吾頂多只會表演鋼管舞。」

「這應該是大獎吧？」

不只是喜形於色，似乎是心花怒放。

愛聽稱讚的神……我沒辦法信仰。

總之，她在民眾面前引發奇蹟，以神的身分顯靈，結果拯救許多人的生命，使得許多人得救。

既然這樣，我不是無法理解周邊居民想將忍拱為神的想法。

可是……

「不過，這種事……肯定沒持續太久吧。」

「嗯？為什麼？」

「沒有啦，依照妳的個性，妳不是甘願只受崇奉的類型吧？」

雖然是個傲慢、自大、擺架子、高姿態、歧視又自我中心，真的是無藥可救到回天乏術的傢伙，但我怎麼想都不覺得這個吸血鬼會樂於一直被拱為神。

真的只是剎那之間，打趣處於這種立場看看吧。

但我不認為她對於支配或統治感興趣。

以她的個性不會這麼做。

我所知道、我所熟悉的忍，個性明顯受到我的影響，所以我才會自然這麼推測，但我當然不可能知道忍當時的個性。不過，如果忍是甘願被拱為神的個性，那麼她在這六百年應該不會只創造兩名眷屬，而是創造更多眷屬。

肯定會建立吸血鬼的階級社會。

這傢伙基本上喜歡孤傲更勝於獨霸。

而且，她內心恐怕將自己放在比神還高的地位。正因為她如此高傲，所以我認為她不可能長期安於神的地位。

她是鬼。是如此執著至今的吸血鬼。

「嗯？啊啊，沒錯沒錯，吾正是這種高傲之傢伙。完全不要求他人稱讚，和此等虛榮心無緣。哎呀～汝這位大爺很明白嘛。」

「…………」

想到她愛聽稱讚的無可救藥特性，我或許應該收回前言。

忍開心好一陣子之後，終於再度說下去。再度願意說下去。

「哎，確實如此。」

「如汝這位大爺所說，這種神明生活並未持續太久，大約一年吧。先不提吾之個性，但吾確實不適合當神。」

忍說著看向窗外。窗外依然是藍天，完全沒有怪異、詭異的氣息。

至於八九寺真宵，依然在我們身旁尚未清醒。

010

「當那群呆子將吾拱為神，吾之所以配合他們留下來，亦是基於休息之意味。因為在南極生活很辛苦。

身處於冰點以下之極凍冰風暴，而且好長一段時間無人認知吾這個怪異，即使吾處於全盛時期，依然覺得有點、有一點點累。

只有一點點喔，真的是一點點。

因此吾試著在許多人類『認知』得到吾之場所悠哉休息一下，說穿了即是心血來潮。很像吾作風之心血來潮。畢竟被視為神，就不愁吃住問題。

感覺像是度個假。

畢竟此處是島國，以現代說法如同夏威夷那樣，夏威夷。但環遊世界之吾亦沒去過夏威夷。

使用大跳躍很難抵達島國。必須是遼闊之大陸才易於瞄準。

嗯？不不不，雖說不愁吃飯問題，但吾並未吸當地人類之血。別露出那種表情。吾確實是吸血鬼，是以人血為能量之怪異，但吾不會從親近吾之人類身上攝取能量。

若是緊急狀況就很難說。

若是有一頭牛很親近汝這位大爺，另一頭牛不親近，汝這位大爺想吃肉應該會選擇後者吧？就是這麼回事。

總之，這個國度當時還維持活祭品之制度，所以吾若想吸血應該是取之不盡吧。

提供一個情報做參考，聽說這個國度直到最近，都還保留供奉活人之制度。

問吾聽誰說的？當然是那個夏威夷衫小子。那個小子只會說這種事。

吾抱膝坐在這座廢墟時，場中氣氛完全不會令吾想說出這種往事。

不過，那個傢伙將吾之底細查得清清楚楚才來到這座城鎮，或許不用吾說，他亦意外地知道這段往事。

不曉得那個區域之聚落是否留下相關文獻……吾被稱為傳說之吸血鬼，主要是基於吾在歐洲之所作所為，而且再怎麼說，沒有任何人能傳承當時發生之事件。

嗯，這段往事將是這種結尾。

做好覺悟聽下去吧。登場人物都會死掉。

即使免於乾旱而死，眾人到最後依然死光，所以命運或許還是無法輕易扭轉。但吾不願意如此認為。

總之，吾當時沒有這種價值觀。但汝這位大爺可別誤會，吾並非只是在極東島國享受度假時光。

吾確實做到『神』該做之事。

雨這種東西，並非只要下一次即可。因此吾適度讓該處每隔一段時間就下雨。

湖已經消滅？沒錯，因此吾是將積雨雲聚集過來。如同汝這位大爺剛才提到之做法……吾當然沒使用飛機，吾是親手將積雨雲撥過來。喂喂，忘記吾連翅膀都打造得出來嗎？

但要是吾這麼做，會輪到其他地區面臨旱災問題，因此吾盡量試著從海面聚集，卻無法做得完美。

基於這層意義，神很任性。雖說信者會得救，卻只有信者能得救。

只不過，當吾姑且說明這個道理，那群人亦不太在意……他們看起來虔誠，終究是只顧著自掃門前雪之普通傢伙。吾不討厭這種利己之人，但這番話聽在汝這位大爺耳中不好受吧？

講到這種人類之業障，應該說生物之業障，就覺得乾脆成為怪異比較輕鬆或是成為神。

總之，從結論來說，吾或汝這位大爺都無法做出這種決定……唔～也對，稍微跳過一段吧。

快轉一段吧。

他們拱吾成為神之過程，若是講得不好，真的會變成純粹在炫耀。聽吾說自己如何被稱讚或尊敬亦沒什麼樂趣吧？這原本就不是什麼有趣之往事。這段往事沒有任何有趣之要素，只有吾之年少輕狂，以及些許過於滑稽之要素，想笑儘管笑吧。

反正遲早笑不出來。

……剛才提到不愁住之問題，正確來說，吾之住處是打造出來的，在失去湖水之湖底打造。居民認定這座湖是吾之土地，亦即神域。

就這樣於此處建造神社。

是非常豪華之建築物。

畢竟吾不能落腳於某個村莊，和人類共同生活，這樣無法維持神之威嚴。

嗯？吾這個神要求如此貧困之村莊蓋神社很過分？別誤會，吾沒讓他們蓋。吾是自己蓋。

忘記吾擁有創造物質之能力嗎？何況吾當時是全盛時期，建築物以及附屬設備，立刻就可製作完成。眨眼之間，以令人驚呼之速度立刻完成。這種事不會令吾疲累。

話說，汝這位大爺別老是只穿一條內褲，吾看不下去了。吾製作一套衣服給你，穿上吧。汝這位大爺還要為那個肌肉迷之憑喪神姑娘提供多久服務？

嗯，感覺不錯，很合適。

劇場版動畫就穿這套吧……什麼？時間軸會亂掉？這種事和吾無關，時間在吾面前沒有意義。汝這位大爺最近剛體驗這一點吧？

與其在大銀幕展示汝這位大爺令人遺憾之便服，還不如無視於時間軸。這什麼令人遺憾之便服？

無論如何，吾在湖底建築一座舒適之住宅，這個行徑同樣被認為是『奇蹟』，吾之神格越來越高，扶搖直上。

吾放任他們想怎麼做。

吾沒解釋這些現象之機制，那些高呼奇蹟喧鬧不已之傢伙們，最好扔著不管。

亦沒必要刻意教化他們。

基於這層意義，汝這位大爺很了不起，因為會好好像這樣試圖查明『闇』之真面目。不愧是受到那個夏威夷衫小子之教化。與其說教化，或許該說強化。

但亦不保證汝這位大爺能理解個中機制。

即使是如此說明之吾，其實亦不清楚那個『闇』之真面目。吾現在只是在說明這個不明就裡之東西多麼不明就裡，回想起來真空虛。

基於這層意義，這是廢話，和汝這位大爺與那個姑娘之閒聊毫無兩樣，所以乾脆別說吧？只簡單述說結論就好……開玩笑的。吾要是說到這裡就中斷同樣不自在。

吾繼續說吧。

說這段可能沒意義之往事。

雖說任憑他們怎麼做，但吾只禁止一件事，禁止他們……吾之信徒們做一件事。

就是為吾『取名』。以名字稱呼吾。

吾禁止這件事。

總之，吾剛才提過，吾記不住專有名詞，不以名字稱呼他人，因此連這個村莊之名字都不曉得。這是因為吾在那些傢伙之中找不到價值。

他們只是不分青紅皂白湊在一起之『人類』。名為『人類』之群體。

但吾不准他們稱呼吾之名字，是基於不同意義。畢竟吾是『神』，他們反而很想知道吾之名字。

但吾不讓他們叫吾之名字。吾絕對不讓他們叫姬絲秀忒這個名、雅賽蘿拉莉昂這個字、刃下心這個號。

何況吾到頭來，未曾說過自己之姓名。

亦不准他們取名。

那個夏威夷衫小子將吾取名為『忍野忍』，這個名字束縛吾，而且是牢不可破之枷鎖。當時吾只有這種狀況非得避免。因為被取名就會被束縛於這塊土地。

對吾而言，『神』始終是暫時之稱號，吾停留於那塊土地，只不過是在度假。

被束縛還得了。

吾即使假裝是神，亦始終不想成為神。

啊啊，從這個角度來看，吾之所以記不得他們與村莊之名，或許出乎意料是基於相同意義。因為呼喚名字就會產生情感，可能會離不開這塊土地。

這只是現在回想才察覺之事，當時吾並未清楚意識到這個理由。

仔細想想，吾現在亦不太記得專有名詞。吾清楚記得全名之人類，似乎只有汝這位大爺以及汝這位大爺之妹妹們。

若要吾寫出漢字，甚至不一定能將汝這位大爺之全名寫對。因為『曆』與『歷』兩個字很難辨別。

別生氣別生氣。而且別沮喪。反正汝這位大爺亦無法以英文寫出吾之舊名吧？

總之，吾除了不准他們叫名字，其他事情全部准許。

其實別說什麼准許，吾只是扔著不管。

適度懶散打發時間、適度睡覺、適度起床吃飯、適度降雨，偶爾祝賀結婚。

要說舒適確實舒適。

這個國度當時沒有 Mister Donut，所以現在回想起來，這是令吾不滿之處，但除此之外大致是不錯之度假地。

吾在那裡打發閒暇時間……應該說享受閒暇時間，盡情徹底地享受。沒有刻意亂來，安分等待在南極稍微累積之疲勞消除……但這是徒勞無功。

因為吾之再生能力，嚴格來說和恢復能力不同。雖說如此，吾認為要是在此處持續被他們『目擊』，存在力遲早亦會恢復，然而很遺憾，吾之得意算盤落空。

原因在於他們並非將吾當成『吸血鬼』這種怪異來『目擊』，因此吾不會恢復。

吾經過好一陣子才發覺。

怎麼恢復得這麼慢……吾抱持這種想法悠哉度日。因為這並未造成吾之困擾。即使就這麼無人『目擊』亦無妨。

吾之前是為求慎重而轉移陣地，但即使就這麼繼續住在南極，應該至少可以活個一百年左右。

而且現在回想起來，當時或許應該這麼做。吾居然過度反應，認定應該先離開南極再說，才會一時慌了手腳。

多虧吾離開南極，才得以享受舒適之神明生活，所以從結果來看還算圓滿……吾原本如此認為，卻不是如此。完全不是。

吾既然沒以吸血鬼之身分被人『目擊』，就某方面來說亦無妨。這並非迫在眉睫之問題。

問題在於吾以『神』之身分持續被『目擊』。事後回想起來，光是禁止他們稱呼名字還不夠。

玩火會自焚，和惡魔嬉戲會成為惡魔。

既然這樣，被稱為神就會成為神。

吾沒察覺這一點……不對，吾甚至不曉得這一點，真的過於大意。

離題一下。

從汝這位大爺研讀之歷史課本來看，當時之政治形態似乎名為幕藩體制，但是吾在這方面不太清楚。

他們會繳交租稅至某處，所以吾認為他們受到某處統治，服侍神以外之某處。仔細想想，這在某方面似乎說不通。

總之，無論國家之領導階級是誰，都和底層百姓沒太大關係，這個道理在現代或往昔都沒什麼改變。

雖然那是一個艱苦之時代，但眾人適度樂在生活，幸福過日。或許人類在多麼嚴苛之狀況亦能幸福，在多麼滿足之狀況亦能不幸。

人類這個部分，和角色設定明確之怪異有所差異。

慢著，換言之，這個角色設定從此時就出現偏差……

現在回想起來，吾不該答應被拱為神，在得知當地沒有吸血鬼傳說時就得離去。單純來說，亦可說吾一直假裝神才會遭到報應。至少那個傢伙就是這麼說。

那個傢伙。

沒錯，就是第一個眷屬。

換言之，是妖刀『心渡』之擁有者。

之前稍微提過這名男性。當時吾怎麼說？戰士……武士。對，就是這樣。

但是說到時代背景，當時這個國度似乎執行世界最和平之政治體制。這個知識並非來自汝這位大爺之課本，是夏威夷衫小子所說。

總之，那是『戰鬥者』最閒之時代。基於這層意義，那個傢伙和吾一樣是閒人。

記得『武士』只是一種名號，或是榮譽職位……總之這種細節不重要。

重點是那個人在這種時代背景，依然是『武士』。

是『戰士』。

那個人持續戰鬥。在那麼和平，基於某種意義比現在還和平之那個時代，依然持續戰鬥。

和什麼對象戰鬥？既然不是和人類戰鬥，戰鬥之對象當然有限。

沒錯，是和怪異戰鬥。」

011

「和怪異戰鬥……咦，換句話說，他是專家？」

忍野咩咩、貝木泥舟、影縫余弦。

妖魔鬼怪的權威。

不對，不是那樣。

該怎麼說，那些傢伙給我的印象，並不是和怪異「戰鬥」的印象。影縫給人的暴力印象有點強烈，但他們始終是「專家」。

為這個世界與那個世界搭起橋梁的協調人。

他們肯定處於這種立場。

和「戰鬥」不太相同。

這麼一來，反倒是……

「吸血鬼獵人……」

德拉曼茲路基、艾比所特、奇洛金卡達。

他比較類似「這種」傢伙。

「應該是這樣吧。那個時代當然亦有夏威夷衫小子那樣之協調人，總之那個傢伙和這種人不同，是以斬妖除魔為業，正統家系之後裔……記得他似乎說過這種事。」

「為什麼講到這麼重要的地方卻含糊帶過？」

「這是在所難免。因為記憶磨損。」

「磨損……」

等一下。

我聽忍剛才的說法就不禁心想，這傢伙沒將回憶美化嗎？

春假的地獄與黃金週的惡夢，都是我不願回想的往事，即使如此，一旦試著回想就覺得頗為美化……

但依照這個傢伙的狀況，與其說她記憶變化，更像是很正常地忘記了。她講得像是要努力想起上週晚飯的菜色……打個比方，如同為了調查食物中毒的原因，依序回憶至今吃過的東西……

總之，這不是一週前，是四百年前的事，或許早就和美化這種程度搭不上邊……

但我還是會這麼認為。

「妳和第一個眷屬發生的事情很重要吧？即使磨損，會模糊到這種程度嗎？就依照妳的情感，以自己的想法填補磨損的部分吧。妳要我嫉妒，但是到目前為止，能讓我嫉妒的要素是零。」

「是嗎？哎，這麼說來，那個人之類型和汝這位大爺相差甚遠，狀況亦不同，或許不可能相提並論……何況，接下來這番話並非安慰汝這位大爺，但是老實說，事到如今，沒有別人和汝這位大爺一樣，給吾如此深刻之印象。」

「嗯？是嗎？但他是第一人啊？」

「即使是第一個眷屬，留下之印象亦不一定比第二名眷屬深刻……汝這位大爺現在和那個傲嬌姑娘交往，還形容成如同初戀，但嚴格來說，汝這位大爺在孩童時代肯定喜歡過幼稚園老師吧？只不過如今『遺忘』罷了。」

「…………」

總之，我明白這個道理。

但是，孩童時代的我和兩百歲時代的忍相提並論也不太對。

慢著，難道這真的不是記憶方面的話題，只是印象方面的話題？

若以戀愛舉例，是的，無論是不是初戀，人們都會認定正在進行的戀情是最美好的戀情。抱持著想要如此認定的心態……

對忍來說，她現在透露的往事，確實不是愉快的往事，但我總覺得不太對勁。

在忍心目中，第一個眷屬真的那麼不重要？

「這名男性足以讓妳將背後託付給他。妳不是這麼說過嗎？」

「說過，但我後來認識了汝這位大爺。現在回想起來，那個傢伙不夠格讓吾將背後託付給他。」

唔～說得真直接。

但忍明明至今依然將那把妖刀吞進肚子，非常珍惜地隨身攜帶……

「這麼說來，記得妳『怪異殺手』的別名，原本是第一個眷屬那把刀的別名？」

「對。那是斬妖除魔之一族……代代相傳之刀，自古至今不斷斬殺怪異之刀。就某方面來說，應該是世人視為神而敬仰之刀。雖然稱為妖刀，但形容為神刀比較符合現實狀況。」

「神刀……」

「使用這把刀之人類應該近乎神。換言之，那個傢伙在某方面來說是現世神。」

「……總覺得妳講話像是隔著一層薄紗。妳從剛才就只稱他為『那個傢伙』……差不多該公開第一個眷屬的名字了吧？不然我想像不到他的長相。」

「不知道。」

「喔，『不知道』這名字真奇怪。不過在那個時代，或許出乎意料不稀奇……慢著，咦？」

「咦什麼咦，吾從剛才就反覆說過吧？吾只依稀記得人類世界之專有名詞，而且不會叫他人之名字。麻煩聽吾說話好嗎？」

「…………」

不……我有聽妳說話。

而且妳確實這麼說過。

即使如此，依然有例外才對，應該說……肯定有限度吧？

這樣的重要人物，這樣的主要角色，妳終究不可能記不得名字吧……妳至今人生究竟過得多麼隨便？

「畢竟吾一直稱呼那個傢伙為『怪異殺手』，如同如今他人對吾之稱呼。那個傢伙帶著刀，因此吾可以輕易將他和其他人區別，而且他具備專家特有之氣息。」

「……因為是具備特徵的特異人物，反而容易區別，反而沒必要叫名字……是這個意思嗎……？」

我明白這個道理，可是……

可是，這樣過於牽強吧？

聽起來像是藉口，再怎麼說也過於冷漠，過於冷血吧？

鐵血與熱血去哪裡了？

「就說了，不要誤會。汝這位大爺是例外中之例外，因為對吾而言，汝這位大爺是吾超過五百年之人生中，唯一之救命恩人。」

「…………」

「相較之下，成為第一個眷屬之那個男人，只是過客。這是吾如今回憶之感想。因此吾想引誘汝這位大爺嫉妒，但是看來應該不可能。無法想像對方長相，又不曉得對方名字，那就無從嫉妒。」

「……妳的人生比我想像的還要隨便……」

應該說，她居然過著這種人生至今。

或許這也代表她是如此強勁的怪異……

「……不過為求方便，就將那個傢伙稱為『初代怪異殺手』吧……畢竟『第一個眷屬』這個稱呼有點長。」

「我覺得字數沒差多少，還變長了。」

「沒關係。」

真要說的話，字數確實沒差多少，但「第一個眷屬」這個稱呼太沒特色。既然「怪異殺手」原本是刀名，或許也無法成為那個傢伙的特色（或許和我被稱為「學生服」的狀況一樣），但我至少想以晚輩身分為他這麼做。

別說嫉妒，我甚至湧出同情的念頭……

我覺得這樣不太對。

「所以，怎麼樣？這位初代怪異殺手登場，有稍微改變妳的繭居生活嗎？」

「哎，算有吧。」

「斬妖除魔的專家……既然這樣，他原本當然是來除掉妳吧？在某處聽到妳的傳聞，為了打倒妳而出現……」

「錯，不是那樣。吾等打過一次，但那個傢伙並非來除掉吾。因為汝這位大爺想想看，吾在外界傳言中，是被當成神而敬仰，並非必須除掉之對象。」

「是這樣……嗎？」

當時的日本即使沒有吸血鬼傳說，應該還是存在著吸血的怪異。而且我覺得專家看到忍，就會看穿她並不是神，而是吸血鬼。

「啊，不對，既然妳收他為眷屬，就代表妳的真實身分始終會在最後曝光。」

「就是這麼回事。那麼，吾就擷取這部分說下去吧。」

012

「就是這樣，所以那個傢伙並非來收拾吾，是先來觀察狀況。一座湖消失，神從湖裡顯靈……他身為『傳統除魔家系』，聽到這個消息當然無法置之不理。

雖說如此，吾覺得他來得有點慢……哎，因為那個時代之情報傳遞速度不像現在這麼快吧，何況移動方式亦有限。

說到移動方式，那個傢伙當時是坐轎子現身。

他還帶了一群隨從，看起來彷彿諸侯出巡。但吾沒見過諸侯出巡是什麼樣子。

即使如此，部下人數很多。

地位應該和諸侯同級吧。畢竟那應該亦算是他之眷屬。

或許那傢伙和實質統治周遭聚落之高官有關係。

說不定他就是那個高官。畢竟村民們亦對他必恭必敬。

總之吾不清楚人類交際圈之階級關係。

能確定的是，應該說最重要的是，那個傢伙來到吾暫居之住所。人類再怎麼成群結黨都不會對吾造成威脅，但只有這次另當別論。

吾並非在他身上感受到威脅。

汝這位大爺或許認為他是專家……是獵人，因此吾肯定有感覺，但吾經年累月都在應付此等傢伙。

吾無法區分普通人與獵人。

若說這種生活方式過於隨便，這就是吾之作風，所以沒辦法。何況吾沒必要區分獵人與普通人，兩者大同小異。

吾變弱時遇見之夏威夷衫小子，或是化為幼女之後遇見之貝木與影縫，給吾之印象就深刻許多。

這部分就是如此，別怪吾。

雖說如此，吾醒了。這些傢伙之造訪，使得吾醒了。

吾並非一直在神社睡覺，『吾醒了』是吾意識久違清醒之意。

以神之身分過著慵懶生活時，出現一個不錯之刺激。不，這番話之意思並非那個傢伙或那個集團對吾造成刺激。

是刀。

是那個傢伙所擁有，掛在腰間之刀造成刺激。記得應該形容為『佩帶』？吾不清楚兩種形容方式之差異。

總之，走下轎子之男性，手持大小共兩把刀，這些刀吸引吾。

注意力集中在男性腰際，或許有些粗俗。吾喜歡異性腰部動作，這一點和汝這位大爺共通。嗯，基於這層意義，吾與汝這位大爺或許打從一開始，從古代就結緣。

開玩笑的。

嗯？對。共兩把，兩把。

較長的是妖刀『心渡』。就是汝這位大爺亦拿過複製品之那把刀。

真品更危險一點。

複製品之性能下修到某種程度。因為過於危險。

哎，即使如此，這把武器對吾並非那麼有效……但至少能令吾清醒。

能對吾造成刺激。

嗯？比較短的刀——小太刀？

兩把刀之……第二把？

啊啊，原來吾沒說過？吾自認之前已經提過……是吾多心嗎？

這把刀該說是備用嗎……感覺像是用來抑制過於危險之第一把刀『心渡』。

或許亦可以形容為刀鞘……但原版『心渡』與這把小太刀都各自有刀鞘，這樣比喻只會越說越複雜。

過於危險之武器，需要附屬輔助之武器搭配。吾擁有之複製品終究是複製品，因此不需要那把小太刀。

第二把妖刀——小太刀名為『夢渡』。

先不提至今依然使用之『心渡』，吾記得小太刀之名字。意外嗎？這並非例外。

這就代表正宗之『心渡』和這把小太刀成對，真的是任何刀都無法使其分離。

『心渡』是怪異殺手。

『夢渡』是怪異救星。

既然是代代相傳，具備神格之刀，其本身就近似怪異。吾之雷達亦有強烈反應。吾察覺這股氣息之瞬間就離開神社。講得更正確一點，是將神社震飛摧毀。吾懶得自己移動，因此直接讓神社消失。

剛才形容為諸侯出巡……至於人數，記得大約五十人？不只是帶頭之那個傢伙，另外四十九人應該亦不是普通部下，是各領域之專家。

總之，光是摧毀整座神社稱不上『奇蹟』，但應該算是充分展現實力。要是吾認真發揮實力，就不是只有神社摧毀，而是整個地球。

吾無法摧毀之物只有太陽吧。這是吾所抱持，至今亦繼續抱持之唯一目標。汝這位大爺，別說只有這一點不能容許啦，這是吾唯一之目標……總之，吾成功先聲奪人。吾並非為了先聲奪人而摧毀神社，始終只是懶得走出去而這麼做……畢竟對吾來說，建築物重建就好。

然而，光是這樣就足以震懾。

他們確實是除妖專家，但吾實在遠超過他們對於妖魔鬼怪之觀念，他們大部分都嚇得軟腳。

癱坐在地上，丟臉至極，甚至反倒是吾失去戰意。

見識吾傲視全場之模樣依然站著的僅有數人……唔～記得大約五人。

初代怪異殺手，總之吾亦採用這個名字……只有初代以及其直屬部下，亦即所謂之四天王，勉強站著看向這裡。

雖說如此，應該不可能沒嚇到吧。

而且他們依然沒看穿吾是『吸血鬼』，不曉得吾不是神，是吸血鬼。甚至認定吾是『真正之神』。至少吾擁有之實力足以冠上這個名號，足以受人敬仰。

哎，汝這位大爺亦說過，吾無論髮色或膚色，在當地人眼中都很新奇，而且反射陽光看起來應該具備神聖氣息。

那麼，汝這位大爺認為吾當時怎麼做？

對這個持續至今之誤會，汝這位大爺覺得吾怎麼做？老實說，吾當時有些迷惘。如前面所述，因為有刀，吾大致明白這些傢伙是專家，是獵人。

若吾在此時展露真面目，顯然會開戰。

度假很不錯，但偶爾來點刺激亦不錯。這股刺激若是更激烈一點亦非壞事。

吾並非未曾如此想過。

嗯？不，從結論來說，吾並未表明真面目，亦沒開戰。如汝這位大爺所知，吾是和平主義者——討厭戰鬥，將『愛』字冠於頭盔，人格高尚之分子。

不是人類卻說人格高尚，吾自己都想笑……說出口之後，對自己掃興之言論感到臉色蒼白。這種玩笑開得有點過火，抱歉抱歉。

總之，之所以沒有演變成戰鬥，只是因為對方並未主動攻擊。

他們之主要職責是斬妖除魔，那麼吾正是他們非得斬殺之對象，然而如吾剛才所說，當時之吾並非妖怪亦非吸血鬼，是神。至少單純以實力來說，吾看起來明顯就是神之等級，因此他們沒有進一步輕舉妄動。

而是詢問一個聊勝於無之問題。

『妳真的是神？』

即使如此，吾不願意自稱是神，因此回應『隨汝等怎麼想，但不准叫吾之名字』這樣……當時吾多少學會一些日語，至少可以進行這種問答……這種回應反而具備說服力。

只不過，他們和附近居民不同，並未臣服於吾，這部分之應對方式較為現實，而且態度亦未特別改變。

反而像是制式化之處理程序。

啊，原來妳是神，那麼麻煩在這份文件簽名，等等會叫號……類似這種感覺。

這當然是比喻。

回想起來，他們除了吾，至今應該和許多神打過交道，知道是神之後，手法就變得熟練。剛才因為第一印象而軟腳之傢伙們，同樣乾脆地起身。

但吾其實不是神……

沒想到習慣如此恐怖。

總之，他們不怕神，進一步就某種意義來說是瞧不起神。吾認為個中原因大致在於習慣，加上他們處於統治階級。換言之，他們並未將乾旱視為切身問題。

並未得到吾之拯救。

即使不是吾，亦未曾得到『神』之拯救。他們自行規劃、創立、執行無須依賴神就能活下去之系統。

這種人不會敬仰神，反而將神視為對等。

剛才所說『信者能得救』這句話，或許應該以猜拳慢出之形式，修改為『因為得救而信仰』比較接近真相。

言歸正傳。

吾之日語不可靠，後續之對話相當不流利，但內容大概是簽訂契約，說明吾除了盡到神之職責，還得注意哪些事項。

入境隨俗。

當時並未真的簽下書面協定，畢竟紙張在那個時代很貴重。一言以蔽之，就是他們吩咐『別做得太過火』。

吾沒受過這種限制，心想還是修理這些傢伙一頓算了，但最後還是打消念頭。畢竟吾只對妖刀感興趣，而且那終究只是刀。若是由人類揮刀就無須畏懼。而且吾認為，反正等到交戰時刻來臨就會交戰，因此決定交由命運安排。當時之吾，沒想過這種判斷何其錯誤。沒想過交由命運安排居然會變成那樣。明明以專家這次來訪為契機離開，就不會發生那種事。真是的。真是的，說來何其丟臉。」

013

「那把小太刀……」

我忽然在意一件事，打斷忍的述說。

「……是怎樣的刀？」

這應該是離題，和我現在想問的事情差很遠，即使如此，我依然覺得非問不可。非問不可。

我要是現在沒問，今後似乎會非常後悔。雖然這麼說，我並不是預料今後會因而鋪陳出什麼嚴肅的劇情，只是打從心底預料要是現在不問，這傢伙肯定會忘記說明這方面的事。

忍至今和我提過「心渡」好幾次，卻未曾提過這把小太刀，甚至沒讓我察覺這把小太刀的存在。

應該說，忍肯定直到剛才都忘記這件事。

還說什麼「原來吾沒說過」。

少給我裝模作樣。

「既然『心渡』是殺怪異的刀，那麼小太刀是殺人類的刀？不對，這樣就只是普通的刀……」

「沒錯。因此是『怪異救星』。小太刀『夢渡』是讓怪異重生之刀。怪異原本就沒有生命，形容成重生很奇怪……總之是用來讓怪異復活之刀。」

「……？我聽不太懂。」

「被『心渡』斬殺之怪異，以這把刀砍下去即可重生，換言之是擁有治癒功能之物品。不過能夠療傷、重生之對象，僅限於遭受『心渡』斬殺之怪異，因此效果範圍相當有限。基於這層意義，吾那把不鋒利之複製品，完全無須搭配這把小太刀。」

忍這麼說。

「何況隨身攜帶兩把刀很重。」

「妳沒有輕重的概念吧……」

「沒有，但這是心情問題。何況吾只會殺怪異。」

「…………」

確實。

既然小太刀『夢渡』是用來抑制妖刀『心渡』的銳鋒，忍應該不需要這種東西。

忍不會讓自己斬殺的怪異重生。

因為對她來說，所有怪異都是食物。

「……既然這樣，我覺得妳甚至會直接吃掉那些刀。」

「這很難說……即使是吾，終究亦無法消化那兩把刀吧……」

我明明是開玩笑，不過看她正經地如此回答，或許她四百年前曾經想吃卻失敗。

這樣的話，她的食慾也太旺盛了。

「總之，不提吃不吃的問題，贏不贏的問題又如何？」

「嗯？」

「那個初代怪異殺手，後來曾經和妳打過一次吧？當時的勝負如何？妳像這樣活到現在，所以我認為當然是妳贏，但我聽過『夢渡』的神奇特性之後，意外地……」

「蠢貨！」

忍說完踢我一腳。

我被幼女踢了。

這傢伙原來是動口同時動手的類型。

我當然不會抱怨幼女赤腳踢我（我的意思是人類器量沒那麼小，別誤會），所以我沒有追究她的這一腳。

「怎麼了？」

我這麼說。

「我只是稍微覺得妳可能是被斬殺之後重生，有什麼關係？」

「光是覺得亦不行。若初代怪異殺手是足以殺吾之優秀人才，吾不可能記不住名字。實際上，曾經和吾搏命交戰，搶走吾四肢之三名吸血鬼獵人，吾不就清楚記得他們名字？」

「是這樣嗎……」

換句話說，這傢伙會記住高手的名字。

好誇張的戰鬥狂。

……套用這個道理，很難說她是否記得忍野的名字……忍確實中過那傢伙的道，但雙方並未搏命交戰。

慢著，那個傢伙是最喜歡捉弄人的惡劣專家，或許反而讓忍印象深刻。

何況實際上，我覺得她記得那三人的名字，只是因為那是短短半年前的往事……

「總之，吾要為己身名譽強調，吾絕對沒被初代怪異殺手殺害。何況那場戰鬥，坦白說只像是餘興。」

「餘興？」

「酒宴之餘興，只是簡單過招之程度。畢竟吾想試試那兩把刀之能耐。那是名留歷史亦不奇怪之物品。」

忍感觸良多這麼說。她甚至至今都帶著複製品，所以評價當然很高。

「總之，原版之刀『消滅』了……連同傳承一起消滅，所以很遺憾，別說名留歷史，甚至沒留在任何人之記憶。」

「……聽妳這麼說，總覺得只有那兩把刀很厲害，初代怪異殺手完全沒什麼。」

「終究不是如此。若是汝這位大爺聽起來如此，只代表這是吾對汝這位大爺之顧慮使然。若要刻意選擇傷害汝這位大爺之說法，那個傢伙身為專家——身為收拾怪異專家之實力，比汝這位大爺高上十二階。」

「十二階……」

這也太高了。

已經不是「階」，應該是「樓」了。

慢著，我不是專家，是外行人，有這樣的差距也是理所當然……嗯，不過這種說法確實令我受傷。

真難處理。

忍將前任搭檔講得不甚重要，我會冒出同情心，應該說莫名地義憤填膺。雖說如此，如果忍為他說話，我也會吃味。

好難處理。

忍一開始提到，若要比喻的話，這個人如同前任男友，但以這種方式解釋就真的有這種感覺，而不是比喻。

「嚴格來說，那個傢伙一己之力能做之事情有限。那個傢伙始終是以領導者來說很優秀。指揮約五十人之專家集團，應付任何怪異皆可一刀兩斷。那個傢伙是採用這種戰法。因此一對一當然打不贏吾。」

忍這麼說。

「若是那五十人聯合對付吾……」

「妳會輸？」

「吾想想，或許會被砍傷一刀吧。」

「…………」

是這種程度啊……

那是「斬殺怪異的刀」，因此別說刀傷，光是淺淺劃傷就會造成充分的打擊，甚至是致命的打擊，即使如此，依照忍的狀況（我的狀況也一樣），即使被『心渡』砍中，也就是『被斬殺』也會立刻復活，所以沒什麼影響。

基於這層意義，忍不需要『夢渡』。

即使是複製品，我也曾經因而有過反覆死而復生的惡夢般體驗。

這也堪稱是恢復力的弊害。

「總之，吾就像這樣巧妙應付找上門之專家或獵人們。」

「這樣啊……」

她的生活方式與其說是過於隨便，應該說如同繭居族自甘墮落，所以很難給人這樣的印象……不過這傢伙確實是和當地居民「巧妙相處」。

要說融洽不太對。

應該也不算友好。

「後來，他們定期前來巡視，和吾交談片刻就離開。一直反覆這種做法。頻率大概是一個月一次……或是再稍微頻繁一點。吾亦數度協助他們收拾妖怪，將背後交給他們就是當時之狀況。應付日本固有之妖怪很費力，但怪異只是吾之能量，因此只是少見多怪罷了……只是吾不能在他們面前進食，因此無法攝取怪異之能量，只能默默看著看似美味之食物被丟棄。」

忍極為遺憾般這麼說。真的一副很遺憾的樣子。

明明各方面的記憶磨損，卻至今依然清晰記得那些沒吃到的怪異……真過分。

居然只以食慾至上。

雖說如此……

「我說忍，既然這樣，妳就這樣成為神不是很好嗎？原本覺得妳不適合，但聽妳這麼說就覺得頗為適任……感覺很適合吧？畢竟妳不會虐待人民，比較麻煩的問題只在於妳有吸血衝動。」

「呆子，光是吸血衝動這個問題就夠麻煩吧？總之，若是不想吸親近人類之血，或許只要出個遠門即可，但吾始終是旅行者，度假只不過是度假。」

「…………」

真頑固。

不過，我想從吸血鬼恢復為人類那時候，看起來或許也是如此。只是這樣的我完全沒恢復為人類。

回想起來，這個不死體質救過我好幾次……

即使現在所有問題都解決，並且忽然被要求恢復為平凡人，我應該無法立刻答應恢復吧。我至今過於依賴吸血鬼體質，難以如此回應。當時的忍是否有這種迷惘？

然而，現在討論這種事只是馬後砲……

「而且……」

忍開口了。

表情忽然正經。

「不只是這個問題。」

「嗯？」

「不只是這個問題。問題不只是吾之吸血衝動。真有必要時，這種衝動再怎麼樣都可以解決。雖然是粗魯之解決方式，卻同樣是解決方式無誤。」

「嗯……這部分我認同。畢竟這是四百年前的事情。妳可以使用出遠門作戰，真有必要的話，讓村民獻出活祭品也是一個辦法。何況妳也可以瞞著初代怪異殺手他們吃怪異吧？」

一年。

她說這種神明生活大約維持一年。也就是說，忍這一年幾乎絕食。

獻給她當成供品的食物，可以滿足忍的享樂慾望，卻無法成為營養。如同現代的Mister Donut那樣。

我覺得她當時真能忍，但或許也表示當時的忍是最強時期，相對也同時顯示她多麼渴望他人「目擊」。

無論如何，既然忍說得那麼含糊，這部分只能推測……

「再怎麼說，妳的吸血衝動也不會直接造成風險。那還有其他的……問題嗎？」

「有。汝這位大爺肯定知道。肯定清楚知道。」

014

「要是賣關子，汝這位大爺大概又會覺得掃興，因此吾一開始就講明吧。問題不在吸血衝動，在於吾這個怪異、吾這個吸血鬼之存在。

還記得那座神社吧？

瀏海姑娘事件當時去過之神社。昨天用來時空旅行之神社。此外亦成為各種事件焦點之神社。

北白蛇神社。

那裡為什麼會儲存負面能量……汝這位大爺亦很清楚個中原因吧？

畢竟汝這位大爺接受那個夏威夷衫小子之指示，前去封印那些負面能量，完成這項重責大任。

沒錯。

吾這種怪異——吾這個怪異之王，正確來說是以前之吾，亦即姬絲秀忒·雅賽蘿拉莉昂·刃下心，會引來怪異。

如同捕蚊燈。

仔細想想，這樣可以盡情享用吸引而來之怪異，此等特性方便至極，因為食物會主動上門給吾吃。嚴格來說，吾沒自覺到對方是主動上門給吾吃，就這樣破壞怪異之平衡、破壞生態系。

何況上門的與其說是怪異，應該說是形成怪異前之負面能量。是『髒東西』。

沒錯，那個夏威夷衫小子形容為『髒東西』。是不是想到什麼了？

汝這位大爺不是把那個『闇』形容為『莫名其妙的東西』嗎？感覺很類似吧？

實際上，這是諷刺。

對，吾輕忽大意。

吾忘記自己四處旅行，過著放浪生活之原因。不，吾並非忘記這方面之事。這是吾過於大意、過於冒失，但吾並未愚蠢到忘記自己旅行之原因。

吾不能長期待在某處，這樣會完全破壞怪異生態系之平衡。

這種性質很難處理，太強亦會令人深思煩惱。總之，即使稍微影響平衡，只要聚集之負面能量並未『成長』為怪異，就不會造成太大損害，頂多是空氣變差之程度。

然而，這很可能成為妖怪大戰爭之契機。夏威夷衫小子那番話並不誇張。

即使如此，光是這樣肯定不成問題。因為吾實際上有應對之道。即使這座城鎮之髒東西聚集處成長到何種程度，全盛時期之吾都足以應付。

當時之所以造成問題，是因為吸引那些東西之吾失去力量，還遭到夏威夷衫小子之監視。

吾自己如同捕蚊燈吸引過來之東西，好歹要自己處理。雖說如此，要是聚集到無法收拾之程度終究應付不來，因此吾會適度轉移陣地。
這樣就明白吧？明白吾為何不能以神之身分定居於該處之原因。
吾繼續待在該處，會使該處化為怪異集中營。對於吾來說是天堂，對於吾以外之生物來說卻是地獄。
吾崇尚享樂主義，卻不崇尚頹廢主義。
吾不期望這種事。
因此吾原本心想，這種度假生活亦得見好就收。
此時吾之所以大意，在於吾之前住在南極，住在無人亦無怪異之土地。
吾之知覺因而失常。完全沒察覺即使吾在此處，『髒東西』亦絲毫沒集中過來。
當地之妖怪會適度出沒，因此吾難以察覺。若是完全沒有妖怪出現，吾終究會感到不對勁。
這次聚集得真慢。
既然這樣，就在這裡多待一陣子吧。
被拱為神亦無妨。
畢竟飯菜好吃，想睡多久就能睡多久。
何其幸福……就是這種感覺。
不准說自甘墮落，基於這層意義，吾亦不是自願四處旅行，因此偶爾會想穩定下來悠閒一下。被拱為神則是另一回事。

因此吾破例延長期限，持續待在該處整整一年那麼久。

抱持『還不要緊、還不要緊、還不要緊……』之想法。

吾總是覺得今天依然和平，不知不覺錯失迴避悲劇之機會。

事件發生在……更正，『察覺』該事件的不是吾，亦不是專家集團或初代怪異殺手，是鄰近居民。

亦即該區域之人民。

怪異現象是以口耳相傳之方式傳開。在一般居民之間普及，傳到『上層』耳裡時已經太遲，已經來不及挽救。不過當時之事件稱不上是怪異現象。

事件是這樣的。

傳聞，人會消失。

傳聞，人會不見。

傳聞，人會無影無蹤。

傳聞，人會在出去之後不再回來。

只聽這些傳聞，應該是所謂之『神隱』現象。但在這種場合，要當成『神隱』處理有些困難，因為此處有『吾』這個『神』，吾又住在眾人皆知之處，就某方面來說擁有不在場鐵證。

若有人認為是『神隱』，來吾之神社清查每個角落即可。但實際上無人這麼做。
這部分算是吾平常品行良好吧。不准笑，當時確實很好，無須質疑。
吾裝作是神，因而沒列入神隱嫌犯名單，說來頗為諷刺。
但吾簡單調查之後，發現這個現象確實發生當中。至少不是普通之離家出走、失蹤、綁架或殺人案件。
是一連串類似怪異現象之事件。
不，就說了，很難斷言是怪異現象。
吾當時心想『終於來了』。吾認為這是因為自己在此處待太久，因而開始引發負面連鎖，但要是以這種方式解釋有些突兀。
原因在於沒有『目擊證詞』。
感覺比起『現象』，更像是只得知『現象之結果』。遲遲無人實際目擊或體驗這種『神隱』過程。
就只是有人消失。如此而已。
一般來說，在這種現象，亦即在這種靈異故事中，肯定有人和失蹤者在一起，並且目睹當事人消失的樣子。不然失蹤者亦會在失憶之後回來。
然而，都沒有。
只是消失、不見、無影無蹤。

沒有回來。

若是結伴同行，連同伴都沒回來。

事件只到這裡就完結。無從著手調查。

吾亦和初代怪異殺手商量過，並且共同展開調查，但由於找不到證據，因此吾等推測是人類之犯行。

怪異之完美犯罪不存在，但人類之完美犯罪是存在的。

這並非吾等之工作，不是『神』或『專家』之工作，是警察之工作。吾等做出這個結論。

不過在那個時代，並不是叫做警察，而是私塾……不對，叫什麼？好像是捕快這種職業之工作？總之，這應該是其他專家之工作。

吾願意以神之立場降雨，但這種莫名其妙之人際關係問題，吾敬謝不敏。

以結果論來說，這是天大之逃避責任行為。吾應該好好思考，為何負面能量只在這次還沒聚集至此處。吾應該好好思考這一點。

人類一個個消失。同樣的，負面能量亦消失。

吾應該思考這一點。

然而實際上，吾直到最後才察覺能量並未聚集，因為沒聚集不會造成吾之困擾。

相對來說，要是如同百鬼夜行蜂擁而至，吾再怎麼不願意亦會察覺，並且認真思考原因。然而不只是人類，吸血鬼同樣只會在危機當前時認真起來。

吾有在反省，卻不認為能將這種反省活用到未來。

總歸來說，吾沒做任何事。

過著一如往常之生活。

在這段時間，附近居民亦接連消失，接連失蹤。

一個個接連消失。

直到空無一人。」

015

我一瞬間還以為自己耳誤，或是她口誤。

直到空無一人？

完全沒人？

「……直到空無一人？這是怎樣……那個，直到初代怪異殺手的五十人專家集團也全部消失？」

「為何會變成這樣？吾並非這麼說吧？要好好解讀話中脈絡。」

「妳剛才說的哪有脈絡可言……妳的記憶過度磨損，細節真的很模糊……雖然這麼說不太好，但是妳的敘事能力比任何人都差。」

不是不會講話，是不會講故事。

雖然不是引用八九寺的說法，但我真的很慶幸怪異按照規則不能成為敘事者。

「哼，真敢說。不過，至今最受好評之敘事者，出乎意料是那個猴女。汝這位大爺被超越了。」

「慢著，神原得到很好的評價，是因為那個傢伙的敘述方式，比預料的正經許多吧……？換句話說，她在某種層面令人失望吧？」

就說了，不要理所當然聊起未來的事情。

怪異可以站在上帝視角發言的規則，最好早點廢除……不對，現在這麼說已經遲到太遲的地步。

畢竟本系列只剩一集。

「順帶一提，最後一集之敘事者，似乎是那個傲嬌姑娘。」

「咦，是嗎？不是我？」

我稍微受到打擊。

所以我過了這集就要被撤換？

這麼乾脆？這麼直接？

終究不會這樣吧？

「哎，那個傲嬌姑娘之真心話真令吾期待。不曉得會聽到何種壞話。」

「是指我的壞話嗎……？不，那個傢伙不會說我壞話。那個傢伙已經改頭換面，現在是內心純淨的戰場原黑儀。」

「不不不，女人之真心話無人知曉。依吾看，那個女人現在肯定在思考如何要求分手。」

「為什麼妳講得好像精通人類心理……妳現在述說的往事，正是因為妳不曉得人類心理而闖的禍吧？」

「現在提分手會影響汝這位大爺考大學，她是基於同情而暫時忍耐。」

「這還真常見！」

那個……

唔哇，聽她這麼一說，我真的會這樣想……

雖然那個傢伙改頭換面，表情變得豐富，但我還是難以捉摸她的想法。

像是現在，我也無法想像那個傢伙在做什麼……感覺她最可能正在思索如何訓誡開學典禮缺席的我。

「別再講下一集的事情了。這樣下去甚至不曉得有沒有下一集，何況在這之前，搞不好這一集只會以妳的回憶作結。」

大家差不多開始不安了。

妳說的這段往事，出乎意料真的好長。

「有何不可？回憶場景是熱門漫畫之基本功吧？」

「不，我身為讀者，想主張這是壞習慣……」

「包括回憶場景，熱門漫畫之劇情進展速度，和受歡迎程度成反比。」

「一定要現在討論這件事嗎？」

妳的往事正說到很重要的地方吧？

而且應該是最重要的地方。

「步調太慢，不只是讀者痛苦，作家應該同樣痛苦。又不是壓力訓練，劇情進展那麼慢，連自己都不曉得自己在畫什麼吧……」

「如果不以讀者立場，以書迷立場來說，我覺得其實是出版社要求拖長。」

「嗯，但吾不認為出版社會希望慢慢來……」

「當然不會希望慢慢來，可以的話應該是希望緊湊一點，但是人類的才華有限。若要拉長連載，只能在某種範圍改變密度吧？」

「原來如此。吾並不是無法理解這種做法，即使如此，足以讓出版社希望劇情拖長之暢銷作家，會乖乖聽出版社之要求嗎？應該會想早點結束想結束之劇情吧？」

「控制作家也是出版社的工作，應該會巧妙哄騙，以免作者發現被控制吧。」

「到最後，創作者還是無法逃離資本家之手掌心嗎！」

「我不懂妳是站在誰的立場生氣……」

這不是讀者的立場，也不是書迷的立場。

到頭來，無論熱門漫畫拖得再長，也應該和長壽的忍無關……但我不清楚現在的忍壽命多長。

不過，最近確實沒看見熱門漫畫的完結篇了。

「忍，這個話題算是得出結論，所以可以回到正題嗎？」

「唔，吾無法接受，總之先這樣吧。」

「我說啊，要是妳這段往事和『闇』無關，我會扁妳。會一直摸妳的胸部摸到兩倍大。」

「但以吾之狀況，摸胸部是奴隸效忠之證明。」

「是這樣嗎？」

確實有這種設定。

她的初期設定已經相當模糊，原來這個設定還在。

「那麼，要是妳這段往事和我看見的那個『闇』無關，我會一直摸八九寺的胸部摸到兩倍大。」

「不得已了。吾已經講這麼多，就背負此等程度之風險吧。」

當事人昏迷不醒，我們卻在旁邊進行無視於少女人權的天大交易。

「所以，妳剛才說空無一人是什麼意思？就算妳要我解讀脈絡……但妳的說法及語氣，聽在我耳裡只像是周圍居民全部消失。」

「這樣就沒錯。」

忍乾脆地肯定我這番話。

「什麼嘛，汝這位大爺明明懂嘛。不，果然是因為吾講故事之能力超群。看來下一集之敘事者將會變更計畫，出乎意料改由吾擔任。」

「這也太出乎意料了。這樣戰場原的立場何在……咦，可是，所有人都不見？一個都不留……慢著，又不是阿嘉莎‧克莉絲蒂的著作……」

「嗯，但那是無人島事件，因此不是那樣。是整個聚落變得空無一人。」

「…………」

規模也太大了。大到誇張。

她使用「村莊消失」或「聚落消滅」這種拐彎抹角的說法，所以我沒什麼概念。

不過……這代表共有多少人消失？

五十人？絕對不止。

我不曉得當時的人口與人口密度，所以不能貿然下定論，但至少應該不只是一兩百人……

這麼大規模的「神隱」？

「等一下……依照妳剛才所說，人們並不是妳消滅湖泊那樣一鼓作氣消失，而是階段性地消失吧？應該是一個個逐漸消失……既然這樣，妳肯定會在事情這麼嚴重之前察覺。妳在村莊變得『一個都不留』的這段期間，究竟在做什麼？睡覺？」

「真要說睡覺，吾確實在睡覺。」

我加入些許批判語氣追問，忍則是毫不內疚如此回應。雖然不內疚，但看起來終究有些尷尬。

「畢竟吾一直懶散度日……不過汝這位大爺，到最後還是一樣吧？」

「嗯？」

「假設所有人一鼓作氣消失，就某方面而言亦無法防範。無論如何，在吾沒有積極防範之時間點，聚落就註定落得這種下場。」

「……哎，說得也是。」

照道理來說，無論是一鼓作氣消失還是逐漸消失，最後所有人都會消失，所以沒有兩樣。但我希望盡量別照道理來說。

「自認帶著很多錢，卻在慢慢使用之後，回過神來發現錢包見底。汝這位大爺亦有過這種經驗吧？這是同樣道理。」

「……我對這個比喻不以為然。不過比起一鼓作氣消失，拉長時間慢慢消失，或許意外地難以察覺……難以認知到事件的重要性。畢竟也能迴避案發時的調查……」

如果村民忽然以百人為單位失蹤，我覺得忍終究會出動。初代怪異殺手也是。

然而，比方說如果是每天晚上失蹤一人，或是每三天失蹤五人的速度，或許會晚一步察覺、晚一步採取應對措施。

事件的重要性……

「所以，這個……該怎麼形容，這個異常事態，妳後來為什麼會發現？」

「是指哪件事？是指吾停留很久依然沒有負面能量流入？還是指村民接連失蹤，到最後空無一人？」

「兩者皆是。不過真要說的話，是後者。」

「吾算是在察覺後者時，緊接著察覺到前者……總之關於後者，吾再怎麼遲鈍亦遲早非得察覺。因為敬仰吾之信徒們一直沒來參拜。」

「啊，說得也是……」

「剛開始，吾以為他們終於因為吾過於冷漠而不再虔誠。吾宣稱不曉得『神隱』詳情、自己和妖魔鬼怪無關，冷漠要求他們自行調查解決，還以為他們因而認定吾這個神不可靠而捨棄信仰，以為前來參拜之人數因而減少，即使如此，人數變成零依然很奇怪。『神隱』再怎麼橫行，人終究得飲食維生，因此不可能停止向吾『求雨』。沒有遭遇神隱之居民，當然會將乾旱視為更實際之問題。要是對吾這個神死心導致饑荒重現，他們同樣吃不消……因此，吾察覺了。此為論證之總結。」

忍這麼說。

總覺得光是這個傢伙提到論證這種字眼，我就會火大……

「吾察覺狀況不對勁。」

「…………」

「後來吾離開神社，下到村莊一看……嚴格來說是從湖底上到村莊一看，發現眼前光景彷彿瑪麗・賽勒斯特號。」（註8）

「依照時間順序，妳用這個比喻很奇怪。」

無人的村莊。

空無一人的聚落。

忍以神的身分統治的這些村莊，化為鬼鎮。

仰慕她的人民全部消失，一個都不留。

緩緩地，不動聲色地消失。

「……妳當時感覺如何？」

「嗯？」

「沒有啦，我這樣詢問感想或許很殘酷吧……但是當時的妳，沒受我影響又處於全

註8　一八三二年在大西洋發生全員離奇失蹤案件的船隻。

盛時期的妳，對這件事抱持什麼感想？我對此很感興趣。」

敬仰自己的人類們，在自己沒看到卻肯定影響得到的地方消失。

演變成無法挽回的局面。

當時的她──姬絲秀忒・雅賽蘿拉莉昂・刃下心，如何接受這種狀況？

我想知道。

「不，沒什麼特別感覺。就是『唔哇，不見了』然後嚇一跳。」

「……………」

她沒接受。

任憑傳過來的球經過身旁。

應該說，她只是完全無視。

「吾當時以為大家都出門或是外出賺錢。順帶一提，吾或許想過這些傢伙居然扔下吾悄悄跑掉，氣到想要屠村。」

「爛透了……」

她只是個性急的傢伙……

總之，就是這麼回事吧……畢竟是那種時代，追究這種事也沒用。是我不該問。

那個時代的忍，和現在的忍不同。

「現在就不一樣吧？如果是現在的妳，應該不會以這種方式接受現狀吧。」

「沒錯。若是現在之吾，應該會是『嗚哇啊啊啊！沒人了啊啊啊！』這樣。」

「只是反應變強烈？」

順帶一提，還附加肢體動作。

妳和我來往至今，只學到這種沒用的反應能力？開什麼玩笑。

給我學習情感吧。

例如人類該有的心態。

「要從汝這位大爺身上學習這種事很難……總之，後來吾走遍附近所有村莊。」

「喔？」

「抱持情感，誠心走遍各村。」

「用不著增加無謂的形容，只說事實就好。」

「吾搜尋之後，得知這附近之聚落已經沒有任何人。某個區域以外之村莊就全部平安無事，如同拉起一條界線。」

「界線……也就是說，『是否信仰妳』成為區域上的界線？」

「沒錯。講得更正確一點，是『是否知道吾』之界線，和信仰無關。附近村莊亦有人知道吾卻不信仰吾，但這是少數。吾心想這種傢伙或許還在，可惜期待落空。」

「嗯……既然這樣……」

我嘴裡說「既然這樣」，實際上卻不曉得後續狀況。該說摸不著頭緒還是抓不到重點……我聽到這裡依然一頭霧水。先不提忍的講故事能力，既然忍是敘事者，既然這段往事的主角是忍，對我來說，故事的主軸還算是勉強維持住，否則這段往事要當成怪異奇譚實在是不著邊際。

會變得不是怪異奇譚，而是靈異故事。

是不太好、不太清楚、莫名其妙的往事。

真的如同那個「闇」。

「既然這樣……」

忍應該沒看出我內心的混亂，卻接續我的話語說下去。

不對，她或許有看出來。因為我和這傢伙的內心相連。

「即使是吾，終究明白發生了某種狀況。」

「到了這個節骨眼，妳還是只認知到這種程度嗎……也太悠閒了。」

「應該要說吾心胸寬大。總之，吾明白發生了某件事，而且原因在於吾。」

「嗯？慢著，現在推論原因不太對吧？即使知道這個現象和妳有關，妳當時應該還沒得知這麼多……」

「不，這是基於經驗法則。只要出事，原因大多在於吾。」

「…………」

是啊。

說得也是。

但以我的立場，解決事件的時候，也就是處理結果的時候，都是藉助忍的力量，因此在某方面難以抱怨。

「然後，吾總算察覺了。這麼說來，吾即使待在這裡很久，負面能量亦完全沒有累積、沒有聚集。若要說原因，應該是吾在這裡待太久，導致能量引發某些狀況。吾如此心想環視四周，卻沒發現奇怪之狀況。」

「…………」

「沒發現奇怪之狀況，是很奇怪之狀況。是異常。是異常事態。」

忍說到這裡閉上雙眼。

「沒發生奇怪現象，這樣很奇怪。即使如此還是產生異常事態，這樣很奇怪。該怎麼說……不太對勁。有種無法言喻之異常。老實說，比起附近居民全部失蹤，附近『完全沒聚集任何東西』更令吾覺得不可思議，覺得不舒服。」

「…………」

「吾覺得不舒服，所以回家睡覺。」

「喂！」

「咦？不舒服時，乖乖睡覺是最好之做法吧？」

「是沒錯！」

這個傢伙遇見莫名其妙的事情時，只要回家睡覺就會好嗎……這體質真方便。

「既然變得空無一人，吾想過乾脆就此離開。這次不使用大跳躍，而是以使用竹蜻蜓之心情，張開翅膀悠閒飛翔。」

「就說了，那個時代沒有竹蜻蜓吧？」

現在也沒有。

不曉得何時會發明。

「總之，吾沒有電池用盡之問題。汝這位大爺知道嗎？使用竹蜻蜓必須每四小時休息一下，無法長時間使用。」

「我妹房間也有那部漫畫，這種事我當然知道……咦？妳該不會真的就這樣飛到國外吧？真的在睡醒之後忘記一切……」

「怎麼可能，當然不是那樣。汝這位大爺別太瞧不起吾。」

「不，我覺得妳的格局總是值得尊敬……正因如此才會確認。」

「但吾睡醒之後忘記一切，這一點正如汝這位大爺所說。」

「格局真大！」

夠了吧，真是深不可測！

「開玩笑的。吾亦沒單純到睡醒就忘記一切。吾睡醒依然記得。就像是『啊～不行嗎～從短期記憶置換到長期記憶了嗎～』這樣。」

「哎，我想也是……妳這種悠哉的感覺，總是引得我不太高興，但妳即使不是人類，大腦構造也不會這麼單純……」

「因此吾將手插進腦袋，攪動腦細胞破壞掉，硬是忘掉這陣子之事情。」

「那種玩腦方式不只能回想事情，還能忘記事情？」

真恐怖！

即使會恢復，能用這種方式任性操作記憶也太荒唐了。即使是無所不知的羽川，聽到這番話應該也會驚呼離譜。

「吾忘得一乾二淨，打算睡回籠覺……卻有人前來妨礙吾安眠。」

「依照這種進展，我真希望有人妨礙。我正想說要是沒人妨礙該怎麼辦。」

如果真是如此，我就可以對八九寺的胸部恣意妄為，所以真要說的話，我其實不會在意，甚至會建議這麼做，但終究沒能如願。

「妳說有人妨礙……是敵人？」

「不。出現的是初代怪異殺手。」

忍這麼說。

016

「吾在『神啊，快起來』之叫喚聲中清醒，但汝這位大爺應該亦很清楚吾剛睡醒之狀況有多差。

由於是回籠覺，狀況終究沒那麼差，但吾遲遲沒有回應呼喚。那個傢伙似乎耐不住性子，大步踏入神社。

神社內部，是神域中之神域。

吾如此設定，要求眾人除非有事，否則誰都不准進入。這當然是為了維持吾舒適之生活。

即使是順其自然，吾姑且被視為神。若是懶散模樣被看見有損形象……

不過在這個時候，終究還是被看見了。

吾姑且以神之身分，煞有其事怒罵他是無禮之徒，但吾是幾乎全裸趴在床上時被看見，如此大喊應該沒什麼效果。畢竟那個傢伙看到這樣之吾亦沒受驚嚇。

而且他看起來無暇為這種事驚訝。

反倒是吾嚇一跳。因為那個傢伙獨自前來。

這個人平常總是帶著許多部下，如同展示自己喜歡之勳章。

這種人居然單獨行動，使吾嚇了一跳。率直嚇一跳。甚至睡意瞬間全消。汝這位大爺似乎想說吾驚嚇過度，但這真的是非常罕見之狀況。

總之，或許是他認為太多人進入神社終究不妥，因此讓部下在外面等，只由他一個人入內。雖然亦可以如此推測，但吾認為幾乎不可能如此。因為若是需要這麼做，他應該會只派一名部下進入神社。亦可以說他這個人討厭獨處。

怕寂寞？嗯，基於『喜歡和他人結夥』之意義，他這個人真的和汝這位大爺屬於不同類型。但汝這位大爺應該不是自願獨來獨往吧……

總之，這種人居然單獨行動。

吾嚇了一跳，詢問他發生何事。順帶一提，吾當時已經自己攪拌大腦消除記憶，因此在立場上完全沒察覺周遭村莊發生之異狀。

後來聽那個傢伙述說異狀，吾嚇了一跳，但終究在聆聽過程中回想起來。腦細胞以那個傢伙之敘述為契機，以原有形式再生。

吾當時心想『啊，吾為何會忘記如此重要之事？』而自責。大為反省。

這當然是假的……頂多只有『唉～回想起討厭事情了』這種心情，心想睡一覺醒來應該可以忘記。總之這種思緒一直在腦海打轉。

吾終究不能在初代怪異殺手面前再度睡回籠覺，何況吾還得到新情報。

這裡提到之新情報，和初代怪異殺手之部下們有關。那個傢伙為何不像以往那樣帶著部下前來？

總之，這部分正如汝這位大爺之預料。

應該說，正如剛才所說。

那些傢伙亦不見了。

不見了。消失了。

消失到某處。和村民們一樣消失。

這部分從頭說起吧，專家集團之成員，遠比吾更早發現聚落空無一人。

而且他們和吾不同，確實進行過調查。居然為此不回家睡覺，令吾欽佩。不，這不是玩笑話。吾好歹亦會佩服認真工作之人。

汝這位大爺看到工蟻或工蜂，同樣會佩服牠們很勤勞吧？此為同樣之道理。只是他們這麼做導致所有人消失無蹤，因此無法進一步誇獎他們。

他們亦不是將近五十人一鼓作氣消失，而是逐漸消失，回過神來發現只剩下初代怪異殺手一人。

那個傢伙應該和吾不同，感受到強烈危機感，以及更勝於危機感之恐怖感吧。那個喜歡結夥之傢伙獨自造訪吾，與其說基於使命感，更像是恐怖感逼得他走投無路。

總之理由不重要，何況他在最後發憤圖強，因此果然值得欽佩。

比吾偉大多了。

至於吾——當自己是神之吾，當然在聽完那個傢伙敘述之後，面色凝重地表示非得調查才行。哎，如今只剩一人，吾即使當自己是神亦沒意義……何況初代怪異殺手並非吾之信徒。

這部分算是習慣。

吾已經走遍周邊村莊掌握現狀一次，但吾依照設定得忘記這些事。要是說明這部分，吾對大腦動手腳之事蹟將會敗露。因此吾再度和初代怪異殺手一起走遍各村莊，整整花費兩天。

這種工作如同將一度鎖上之鑰匙再度鎖好，村內當然沒有變化。遭遇『神隱』之居民並未忽然回來。

而且，連一個人都沒有。

初代怪異殺手和吾這種只會吃之怪物不同，再怎麼樣亦是專家，他並非漫無目的地找，而是從各種角度驗證，但同樣沒有任何成果。

汝這位大爺剛才貶低他是怕寂寞之傢伙，但他並非只是帶著部下到處耍威風之傢伙，不是獨自一人就一事無成之傢伙。

不過，當時這種想法最強烈的不是別人，正是吾。

因此吾後來不只欽佩他，亦稍微對他刮目相看。

套用汝這位大爺亦使用過之說法，或許吾心裡冒出情愫吧。吾看到那個傢伙尋找失蹤村民與部下之態度，冒出某種情愫。

不過，這份努力同樣白費。

沒得到任何成果，沒產生任何結果。一無所獲到神奇之地步。事後回想起來，這種狀況本身即為異常。當時相較於現代，怪異……以及『闇』更加緊密伴隨著人類。

在這種時代，不可能『一無所獲』。

雖說『疑罪從無』，但這次是連應該驗證之疑點都不存在，所以該怎麼說……這種狀況究竟該怎麼說……啊啊啊，對了對了。

這種狀況，疑似是完美犯罪。

即使怪異之完美犯罪不存在，人類之完美犯罪亦存在，因此這是人類進行之完美犯罪。現在回想起來，這種三段論證有些膚淺，但吾以這個方式判斷『神隱』是人類之行徑而收手，初代怪異殺手亦同樣收手。然而這個理論有破綻。

怪異進行完美犯罪之可能性？不，吾並非想驗證這種事，比起在雞蛋裡挑骨頭，必須先考慮另一種可能性。

沒錯。亦即不是怪異犯行，卻同樣不是人類犯行之可能性。

第三種可能性。

吾等——吾與初代怪異殺手，後知後覺地察覺這一點。與其說察覺，應該說吾等陷入瓶頸，只能朝這個方向思考。

吾生性隨便，因此到這個地步依然悠哉，但初代怪異殺手當時沮喪得不得了。

若原因是怪異就還好，若原因是人類亦還好。但若不是這兩種狀況，吾與初代怪異殺手都沒有應對之道。

並非專長領域。

吾會吃怪異、吸人血，卻只是此等程度之吸血鬼，而且當時正在飾演神；初代怪異殺手具備專業知識，卻已經失去如同手足之四十九名部下，依賴之妖刀『心渡』與『夢渡』確實是具備神格之高貴物品，卻如同『怪異殺手』與『怪異救星』之名，只能用來對付怪異。

順帶一提，初代怪異殺手亦是掌權者，但這種權力亦只能對人類發揮。

若是應付怪異，或是應付人類，吾等可以毫不保留地將能力發揮得淋漓盡致，在這種狀況卻什麼都不能做。應該說無事可做。

不再找得到事情可做。

總之老話重提，吾並未那麼拚命，因此面對『無事可做』之狀況，不會過於消沉或沮喪，但初代怪異殺手因而消沉……還封閉自己。

菁英很難承受挫折。

然而實際上，根本無暇像這樣消沉。先不提吾，初代怪異殺手無暇享受自己心態之千變萬化。

因為在人類接連消失，如同煙霧消滅之狀況中，要他認定只有自己是例外，應該不可能做得到吧。

不過，人類就是做得到這種事。」

017

「做得到是指……」

「總歸來說，初代怪異殺手回過神來發現部下全部失蹤，他雖然對這種現象感到害怕，卻沒擔心接下來將會是自己消失。他和這種不安感無緣。」

「這樣啊……不過，我這麼說有點像是責備，但妳還不是一樣？妳在那裡落腳，成為怪異源頭的負面能量卻沒有聚集過來。如果將這個現象解釋成『怪異消失』，妳也可能會消失吧？」

「……」

我自認只是純粹說出自己的想法，真要說的話，我期待忍基於邏輯回答我，但她以嚇一跳的表情看向我。

她的表情清楚說明她現在的想法。

啊。有可能。

……這傢伙真的是活得很隨便……雖然她說出危機感、恐怖感或不安感等各式各樣的詞，但以忍（全盛時期）的實力豪邁一揮，這種東西應該會飛到九霄雲外。

雖說有種東西叫作「野性直覺」，但這基本上是弱小動物在用的……

忍這樣的例子過於極端，但實力強大的傢伙，或許出乎意料只是慵懶度日。

如同人類失去野性。

「好、好了，好了好了好了。」

忍明顯試著轉移話題。不擅言辭的她，同樣不擅長轉移話題，而且除了「好了」之外什麼都沒說。這傢伙根本沒有掩飾的意思。

「吾這種程度之存在，面對任何事態都能應付，不用擔心這種事，沒問題。」

「所以初代怪異殺手也是相同想法吧……？妳現在卻用責備的語氣……」

「吾並未責備。話說回來……」

忍強行改變話題。

「汝這位大爺會怎麼做？」

「啊？」

「比方說，汝這位大爺如果面對這種狀況，處於相同立場，將會怎麼做？」

「哪能怎麼做……我不是初代怪異殺手那樣的專家，也不是妳這樣的怪物，如果處於相同立場，只會和普通人一樣發抖……應該會認真逃到界線另一邊吧。」

「這是聰明之做法。不過『界線』這種說法，只是來自結果之權宜說詞，實際上之區別方式並非地區，而是知識。換言之，只要知道『吾』這個『神』就出局。汝這位大爺如果已經想到這一點，將會怎麼做？」

「比方說，努力忘記妳……嗎？想辦法對大腦動手腳……」

我這番話是半開玩笑。

「對，應該這麼做。」

但忍像是正得我意般深深點頭。

「大概只有這個方法可行。」

「…………？」

「吾講得像是經過檢討而得出這個結論，但實際上毫無選擇之餘地。該怎麼說，好巧不巧地，那個東西突然出現了。」

突然──突如其然。

出現了。

「在最後造訪之村莊，確認最後造訪之住家無人之後，初代怪異殺手沮喪至極，內心脆弱地受傷時，那個東西當場現形。汝這位大爺所說之『闇』，在毫無脈絡可循之狀況下，在大白天之時辰出現。」

「──」

終於登場了。

進入正題了。

看來，我沒辦法對八九寺的胸部恣意妄為。

018

「忽然現形。

或是該說忽然現身？

既然是怪異，形容為『現形』應該就好。說來見笑，『那個東西』為何，吾完全沒有頭緒。

老實說，吾剛開始以為是氣象現象。即使吾不怕走到陽光底下，但太陽依然是天敵，吾不可能熟知太陽。吾原本以為是日光折射這種現象。

此為吾『目擊』那個『闇』之想法。

感覺形容為『黑色硬塊』是最適合之方式，但吾不認為那東西硬到稱得上是『硬塊』，反倒是模糊又鬆散。大小和汝這位大爺所見大同小異。

但吾連這個都無法斷言。

無法拿捏距離，因此無從斷言大小。

真相完全不明，不曉得是何種東西。應該說，感覺如同視野缺了一角，無論如何都看不見某部分之風景……

也可以形容為挖空。

汝這位大爺提到，汝這位大爺剛才看見『那個東西』之瞬間，直覺感到不妙拔腿就逃……不過很遺憾，吾沒有這種直覺。

而是覺得『這是什麼？』愣在原地。亦可以形容為對於首度見到之物感興趣。

吾很少有這種耳目一新之經驗，因此甚至有種開心之心情。

失去野性？啊啊，這種說法或許較為合適。若形容為『欠缺危機感』聽起來像是被瞧不起，總之就是這麼回事吧。

而且，初代怪異殺手亦是如此。並非因為他正在消沉。那個傢伙無論消瘦憔悴或消沉，都是正統之捕獵專家，只要產生怪異現象，身體就會擅自反應。

然而他毫無反應，有種啞口無言之感覺。

吾不小心具備太多經驗、初代怪異殺手不小心具備太多知識，因此吾等才會動彈不得，愣在原地茫然吧。

吾等不曉得那是什麼。

試圖理解這個莫名其妙之物卻失敗。

若是汝這位大爺這種連一知半解都稱不上之外行人，應該會因為過於外行，而在面對真相不明之物時斷然選擇撤退。

吾這番話聽起來或許像是瞧不起汝這位大爺，但是放心吧，這是稱讚。實際上，汝這位大爺判斷正確。

是吾——吾等判斷錯誤。

無暇認知這個錯誤，就被吞噬。

汝這位大爺之腳踏車亦被吞噬吧？就是類似這樣被吞噬。不是被黑吸入，亦不是被闇吸收，始終是被闇吞噬之感覺。

若說誰被吞噬……是兩人。

兩人都被吞噬。

傳說之吸血鬼姬絲秀忒·雅賽蘿拉莉昂·刃下心，以及擁有兩把妖刀之初代怪異殺手，一起被吞噬。

啊，原來如此，此為神隱之真相。

吾慢半拍察覺這一點。只能形容為慢半拍吧。因為吾當時已經被『闇』吞噬半個身子。不對，不只半個，約四分之三被吞噬。回想起來，這樣比四肢被奪走更慘。

哎，不過還剩四分之一就已足夠。足夠用來逃走。

啊，不是逃走，不是逃走。吾這輩子未曾逃走。那個，吾意思是只要還有四分之一，就足以離開此處。

剛才提到『例外較多之規則』脫離版，但吾要在此再三明言，吾之脫離遠超過那種脫離。

吾無論做什麼都不會輸給那種憑喪神姑娘，吾在所有層面優於她。

基於這層意義，吾曾經說自己縱身一躍可繞地球七圈半，這並非玩笑話。

所以吾離開現場。與其說是離開現場，應該說是離開那個『闇』。

啊？那個憑喪神姑娘之脫離距離，頂多幾十公里吧？這種程度就說是脫離，真可愛。吾當時是跳到南極。

跳到當成別墅之南極。

被吞噬之四分之三包含吾一條腿，因此吾單腳就跳十萬公里。層級不同吧？

……這裡距離南極不到十萬公里？頂多一萬幾千公里？這樣啊……總之這是自己之感覺，別斤斤計較，這樣不解風情。

總之，吾全力避難。

吾一直認定那東西會追過來，因此即使抵達南極，亦沒有完全脫離之感覺。總之即使是一瞬間，吾亦希望爭取時間，恢復被吞噬之軀體。這就是吾脫身之原因。

接下來，吾原本不惜跳到火星。總之脫離至宇宙應該是安全圈……但無人保證脫離大氣層即為安全圈。

吾終究是第一次以『那種形式』被削除身體，因此總之想盡量拉開距離。

但是從結果來說，吾無須做到此等程度。因為即使吾抵達南極圈、到達南極點、身體瞬間再生並且嚴陣以待，那個『闇』依然沒追來。

吾不曉得等多久。

嗯，吾真的有種期待已久之心情。因為吾一直尋求著強敵，亦尋求著發揮全力之機會。應該說吾至今幾乎沒這種機會。

因此基於某種意義，吾很期待這場『捉鬼』。然而，那東西沒來。

汝這位大爺似乎被追很久，但當時之吾不曉得個中原因。吾判斷那東西似乎不是會追、會動之物，總之先放鬆警戒。

依照汝這位大爺之說法，那東西似乎會動，甚至做得到瞬間移動，這方面和吾當時之經歷不同……但那東西或許跟得上腳踏車之速度，只是無法對應吾認真起來之速度。

畢竟連憑喪神姑娘之『例外較多之規則』亦擺脫得掉。

也可能有個體差異。前提是將『那個東西』認知為個體。

吾覺得那甚至不是固體。

像是液體，又像是氣體。

總之無論那東西是否追來，同樣是真相不明之物。

雖說如此，吾亦難以總是維持備戰狀態。遲早得鬆懈下來。

因此吾早早放鬆。

就說別指責吾行事隨便了，吾當時就是這種個性，所以沒辦法。吾認為既然遲早會放鬆，提早放鬆亦沒差。

反正無論放鬆或繃緊，要做之事都相同。

總之吾經歷這件事之後離開日本，而且就這樣沒回來。

吾下次來到日本是半年前，並且於當時遇見汝這位大爺。」

019

「……嗯？等一下。」

「闇」終於出現在忍述說的往事，我不禁聽得入迷，卻非得打斷這股沉靜氣氛。

因為，其中缺乏一項重要情報。

「初代怪異殺手怎麼了？」

「嗯？吾不是說過嗎？他和吾一起被『闇』吞噬，沒時間拔出『怪異殺手』以及『怪異救星』。吾只被吞噬四分之三，但是先被吞噬之那傢伙不會只有四分之三，幾乎全身被吞掉。」

「被吞掉……妳就這麼坐視不管？」

「嚴格來說是沒看見。吾回神就發現之『闇』，在吾回神之前就吞噬吾等。」

「…………」

總之，要她在這種狀況注意初代怪異殺手是強人所難。

到頭來，忍當時沒理由保護我這位前輩眷屬。

那名男性在那個時間點，甚至不是忍的眷屬，換言之也不是我的前輩，只是普通人……嗯？

慢著，不對不對，不是這樣。

「忍，這樣很奇怪吧？要是『闇』在當時吞噬那個傢伙，往事應該就此結束吧？妳該不會看似糊塗述說，其實巧妙藏入敘述性詭計？比方說引導我認定專家集團的領導者是我的前輩，其實別有真相……」

如果是這樣，我將對妳刮目相看。

最近使用正統敘述性詭計的推理小說已經式微。

不過，或許是原本以為無窮無盡的敘述性詭計題材也終究用盡。

然而，就在現在！

我的搭檔忍野忍，在這個領域激發漣漪！

「成佛性（註9）詭計？那是什麼？吾不曉得。感覺這詭計之可用範圍很狹隘。」

「…………」

看來沒激發漣漪。

「總之就是這樣，那個女人……不，那個男人在四年前……不，在四百年前襲擊『闇』……不，是遭受襲擊。」

「……敘述性詭計應該不是單純在最後發現只是口誤的詭計。」

「不不不，並非如此。別擔心，沒這種詭計，吾亦沒說錯。至今提到之初代怪異殺手，是汝這位大爺的前輩，亦是吾前一任男性，這部分肯定沒錯。聽清楚，那傢伙是『幾乎』全身被『闇』吞噬。吾剛才肯定是這麼說。」

「妳確實是這麼說，所以我才有疑問啊？既然這樣……」

「幾乎。換言之，就是殘留一部分。」

忍說著做出捲起自己右手衣袖的動作。但她身上是無袖連身裙，本來就沒袖子。

「留下右手腕。」

「嗯？」

手腕？

「吾說過那傢伙先被吞噬吧？而且那傢伙在被吞噬時，如同求助般抓住吾右手，像

註9　日文「敘述」與「成佛」音近。

這樣穩穩抓住。」

忍說著以右手抓我的手。

如同上鎖般穩穩抓住。

「雖說如同求助，但吾認為實際上是反射動作。看到藤蔓就抓藤蔓、看到稻草就抓稻草，是出自本能之動作。」

「如同溺水的人無論什麼東西都想抓？」

「嗯，因此要責備亦很過分。若要責備他在這種時候正應該將手伸向腰間之刀，亦很過分。何況即使他那麼做，吾亦不認為有意義。『怪異殺手』無法斬殺不屬於怪異之普通黑暗。」

「…………」

「雖說如此，那傢伙如同尋求羈絆般抓住吾，依然有批判之處。因為這麼一來，吾一個不小心或許來不及逃走。」

「……總之，話是這麼說，但妳是可以跳到南極，規模完全不同的推進器，人類的握力應該做不了什麼事吧。唔，也就是說，難道……」

「一點都沒錯。」

忍抓住我手腕的手握得更緊，並且這麼說。

「吾連同那傢伙之手腕，一起跳到南極。」

020

「吾不清楚。

究竟是吾之跳躍力扯斷那傢伙之手腕，或是無須扯斷，手腕以外之部分在這之前都被『闇』吞噬，吾並不清楚。從切面平整度來看，感覺是後者。

這隻手緊抓到指甲陷入吾之皮膚，因此如果是前者，吾或許可以就這樣將那傢伙一起帶到南極……

不對，因為超高速、氧氣濃度驟減、重力變化與氣壓變化，那傢伙終究會在抵達南極前沒命……因為那傢伙即使擁有再多專業知識，身體依然是普通人。

這就是來龍去脈。

最後，吾單獨和那傢伙之手腕一起被遺棄在南極。當時吾是高速行動，形容為遺棄很奇怪，但吾心情上像是被遺棄，因此這個詞很貼切。

那個『闇』一直沒追過來。

包含初代怪異殺手，吾當時不記得名字卻面熟之人們全部消失。

眾人恐怕都是被那個『闇』吞噬。

吾被遺棄了。

變得孤單一人。

吾久違百年如此心想。不，吾如此心想之記憶，恐怕已經由吾自行消除，但是這段記憶再生了。

吾囚禁於強烈無比之孤獨感。

孤獨感。沒錯，就是汝這位大爺平常總是抱持之感覺。吾超越這種次元，未曾覺得寂寞，但人生當中有兩次這種經歷亦無妨吧。

當時是剛遭遇『闇』這種真相不明之現象，這件事當然亦有影響。即使稱不上危機感或不安感，依然感受得到威脅。

汝這位大爺剛才說吾太強而失去野性，但這份野性久違復甦。

因此，吾令他甦醒。製作了第一個眷屬。

沒什麼大不了，和汝這位大爺當時一樣。吾製作眷屬只會以自私、自我本位之動機進行。

應該亦基於吊橋效應吧，就是經常在漫畫出現之狀況。站在吊橋上，會將恐懼造成之心跳加速，誤解為戀愛造成之心跳加速。如此說明就是一種簡單易懂之現象，但是這種『效應』亦可以延伸解釋。

換言之，無論是在吊橋上還是在何處，生物陷入感受到生命危機之狀況，就會為了留下後代而容易落入情網。

以吾之狀況，只是因為未曾陷入生命危機，因此不想製作眷屬。實際上，無論是當時或是汝這位大爺那時候，吾肯定都處於瀕死狀態。

比起初次遇見汝這位大爺那時候，當時堪稱更接近死亡，因此會冒出這種念頭。不是戀愛或喜歡、家人或眷屬這種情緒上之因素使然。只是一時衝動，是基於無從誇獎之理由，只是內心當時很脆弱。在這部分對吾失望亦無妨。

要求吾抱持人類心態，是一種不合理之態度。但汝這位大爺就是基於這種不合理而落得放棄人類身分，因此有權利對吾失望。

如此失望吧。這樣吾亦較為舒坦。

嗯？什麼？

明明沒屍體，吾要怎麼令他復活？初代怪異殺手之軀體應該被『闇』吞噬？

喂喂喂，所以要好好聽吾說話啊，別讓吾重複說同樣之事。

初代怪異殺手並非全身都被『闇』吞噬，右手腕不是跟著吾來到南極嗎？

沒錯，右手腕。不是頭。

但是只要有右手腕就足夠。

不准瞧不起吾。不只是手腕，只要部分軀體在吾手邊，吾就能以此為雛形，令軀體之擁有者復甦。

但若是該元件……以這個狀況來說就是右手腕，若是細胞死光，吾就無能為力。嚴格來說，吾並非讓屍體復甦，只是將生者化為不死，變得不會死。

因此，雖說只要部分軀體在吾手邊即可，但終究不能只有指甲、頭髮或角質化之皮膚，而且使用之元件當然一定要包含血液。

因為吾是吸血鬼。

吾是依照自己之出身而明白這個理論，但當然是第一次實踐，因此沒嘗試過就不曉得會如何。

因此吾啃咬這個右手腕，吸食血液。

不是用餐，是為了製作眷屬而吸血。

吾不願孤單一人。

吾放棄當神，恢復為吸血鬼。」

021

「……壯烈過頭，我無話可說。沒有嫉妒的餘地，也沒有同情的餘地……」

我這麼說。直接說出想法。

毫不避諱述說感想。

不過，像這樣聽她說完……

「我因而體認到妳的『次元』不同。」

我重新這麼認為。

別說次元，一切都不同。

過度不同。

只以一段手腕就讓人類復活，簡直亂七八糟。拿這件事責備忍應該是錯的，但老實說，她給我一種玩弄生命的印象。

忍形容自己「恢復為吸血鬼」，但我覺得這正是「神的領域」。現在這麼說也很奇怪，但這傢伙在實力層面，果然只能形容為神。

這傢伙消滅湖泊時，村民們將她認定為「神」的心情，我再度徹底體會。

「……所以，成功了？」

「嗯？啊，慢著，汝這位大爺。吾確實提到當時基於吊橋效應，會在生命陷入危機時出現繁衍後代之慾望，但這始終是比喻，問得這麼直接也……」

「嗯……？」

忍不知為何紅著臉，像是責備我般瞪著我。咦？換句話說失敗了？她說的比喻，是將吸血行為比喻成……？唔唔……

「不是！我不是說性交啦！」

「咦？不是？汝這位大爺不是想問吾與初代怪異殺手之春宵？」

「我甚至不願想像妳有沒有發生那檔事！我不是問這個，是問妳有沒有讓那個傢伙從手腕再生！」

「哈！」

忍突然像是瞧不起我般發笑。

這幼女瞧不起人的功力舉世第一。

「吾不曉得失敗之方法。吾剛才說『不曉得會如何』，當然是『不曉得會如何成功』之意。吾甚至想知道怎麼做才會失敗，因為要是不知道，萬一不小心失敗時會很困擾。唔～吾真想知道失敗方法，真希望出一本教學書，像是《如何順利失敗》！」

「…………」

哎。恐怖的是市面真的有這種書。

「所以，汝這位大爺要問什麼？問吾是否成功？要吾回答？好，吾回答吧。」

「嗯……慢著，既然妳這麼說，我也已經知道答案。成功了吧？」

「失敗了。」

忍這麼說。

出乎意料虛晃一招。

而且一下子藏起洋洋得意的表情，變化為覆蓋陰影的表情。

她沒看我，而是看著地面。

「失……失敗？」

「講得更正確一點，是暫時成功，但以結果來說是失敗。想想看，吾肯定已經和汝這位大爺提過，姬絲秀忒・雅賽蘿拉莉昂・刃下心第一個眷屬踏上何種末路。」

「…………」

沒錯。我已經聽她說過。

在春假，在這座補習班廢墟的樓頂，聽她說我的前輩踏上何種末路。

迎接何種死期。

隨著震撼得知這件事。

聽她揭曉謎底。

「正如吾之預料，初代怪異殺手復活了，從右手腕再生全身，完全化為吸血鬼。並未像是今年春假將汝這位大爺化為吸血鬼時失手，吾亦沒化為幼女。單純以完成度而論，吾第一次製作眷屬比第二次順利。」

「這我可不能當作沒聽到……」

「不過，那傢伙內心沒有汝這位大爺這麼堅強。吾剛才說菁英很難承受挫折，但那個人在更基礎之處就很脆弱。現在回想起來，應該是吾不夠貼心吧。」

忍是這麼說的，但也無法期望當時的人貼心對待人類。

因此無法避免。沒能避免初代怪異殺手自殺。

「記得妳說他自己衝到陽光底下，化為灰燼消失。」

「對，自殺。約占吸血鬼九成死因，極為平凡之死亡理由。若要說哪裡不平凡或奇特，就是那傢伙化為吸血鬼之後，短短數年就自我了斷。」

「……即使他是眷屬所以持久力不如妳，受到日照也不會立刻死亡吧。」

燃燒之後再生。

燃燒之後再生。

燃燒之後再生……直到燃燒殆盡。

肯定需要歷經相當漫長的時間。

肯定需要受到相當痛苦的折磨。

我也有過類似的經驗，所以我懂。那真的是人間煉獄。

但吸血鬼沒那麼做，應該就不會死。尤其是忍的眷屬。

「……妳當時沒救他？如同春假時，將跑到太陽底下的我救回來……」

我雖然詢問「當時是否沒救他」，但我或許應該問「當時是否能救他」。

「辦不到。」

實際上，忍就是如此回答。

「畢竟當時之吾，不懂那傢伙這種行動之意義。應該說，在那傢伙選擇自殺前，吾等交談過很多次，但是在那個時間點，那傢伙與吾幾乎扯破臉，吾無從阻止。」

「扯破臉是指……？」

「簡單來說，初代怪異殺手很生氣。氣吾讓他化為吸血鬼。」

「…………」

「總之，事情很單純。以吾之立場，吾不只是讓那傢伙復活，還讓他得到強大力量成為吾之眷屬，因此吾自認這是他再怎麼道謝都不夠之拯救暨施捨。明明只是吾自己眷戀人類，還擺出這種天大態度，但吾是四百年後之現在才能反省這種事，當時吾是認真如此認為。甚至沒有『不對，這時候逼人道謝是不成熟的做法，吾只是做自己該做之事』這種謙虛心態。」

然而，這麼做是錯的。

完全錯誤。

從一條手腕重生，成為吸血鬼獲得新生命之初代怪異殺手，開口第一句話是……

「『可惡的怪物，竟敢欺騙我們！』這樣。」

「…………」

不是「神」，是「鬼」。是「吸血鬼」。

忍暴露了真實身分。

話中的「欺騙」應該是指這件事。

應該包含這一點。

不過，大概還附加其他意義。

「他臭罵『這一切都是妳幹的好事』。與其說是臭罵，聽起來比較像是責備。像是『會遭天譴』這種話亦是當時所說。他說吾一直假扮神才會遭天譴。」

「總歸來說，他將『神隱』等所有現象，當成是妳的所作所為。連那個『闇』也是妳設的局……慢著，這部分……我可以理解他為何這麼認為……」

規模差太多。

即使他是專家集團的領導者，即使他知道真正的「神」，他終究沒應付過忍——姬絲秀忒・雅賽蘿拉莉昂・刃下心這種超強的怪異，何況當時他剛被神祕的「闇」吞噬消滅，並且從僅存的右手腕強制復活，要他維持正常心智反而不可能。

尤其他是從手腕再生整體，該怎麼說，這也是攸關人類立場的問題。雖然渦蟲可以無限再生，蚯蚓斷成兩截就會分裂為兩隻……但無人能回答這時候的主體意識位於哪個個體。

這是無人能回答的問題。

他卻被迫面對這種問題。

「所以，妳後來怎麼做？無論基於什麼動機，妳好歹救了他一命，妳聽他這麼說肯定不好受吧？」

「不，沒什麼，沒那麼嚴重。但我懶得解開誤會，因此隨他怎麼說。吾認為他雖然一時混亂又錯亂，但心情遲早會平復。如同吾在這座廢墟鬧彆扭時那樣。」
忍這麼說。
「…………」
忍這時候真的講得好像「沒那麼嚴重」，所以我覺得她確實沒放在心上，但我也沒有率直接受。
忍當時是怎麼想的？在想什麼？
我輕易就能察覺。遊刃有餘。
我沒有直接認識初代怪異殺手，不曉得他心理層面多麼脆弱，但是再怎麼說，忍內心也同樣容易受傷。
忍是這種傢伙，因此呈現出一種偽惡……總是選擇露骨引人厭惡的話語。她表面上說是基於自我本位的衝動，才將那傢伙打造為眷屬，雖然並非謊言，但我認為是過於單方面的見解。
即使只是心血來潮，但她不願意自己所統治土地的唯一倖存者死亡。若要說她真的連一丁點都完全沒有這種想法，這是不可能的。
如果這傢伙是這種女人，我就不會像這樣活到現在。
不會化為半個吸血鬼活到現在。
「但他心情並未平復。在混亂、錯亂、屢次和我對立到最後，就這樣投身自殺。對我說盡憎恨之話語，沉浸在後悔與悲歎之中，在吾面前投身至陽光下而死。」

沒能阻止。

沒能拯救。

忍毫無情感、毫無情緒，淡然說出這樣的結果。

「吾明明在抵達南極之後就說出本名，但那傢伙到最後，只在即將自殺時以『姬絲秀忒』稱呼吾一次。」

「…………」

即使如此，他還是叫過「姬絲秀忒」。

不是刃下心，也不是雅賽蘿拉莉昂，而是姬絲秀忒。

和我一樣。

那麼……

「那傢伙就這樣死了。由於是不死之身，形容成『毀滅』應該比『死亡』正確，總之他死了。他留下之遺物，是配戴在遺骨腰間，妖刀『心渡』之複製品。反正應該是為了殺害我而製作吧……吾至今只是不知為何沒意願製作眷屬，並非基於頑固意志貫徹獨來獨往，但吾見證那個傢伙之屍體冒出藍色火光消滅之後，吾發誓再也不製作眷屬，不再以攝取營養以外之目的吸人血。對神發誓。」

對於假扮過神的她來說，最後一句話聽起來何其諷刺。

至少我笑不出來。

我無法巧妙帶過話題，無法出言佩服。因為她到最後，無論是以「神」的身分還是「吸血鬼」的身分，終究沒能和人類「巧妙相處」。

鬼的獨白，距今四百年前的物語，就這樣以壞結局落幕。

022

「雖說如此，吾四百年後卻輕易製作新眷屬，因此沒什麼節操。何況相較於第一次是嚴重失敗，吾自己失去力量，別說窩在神社，甚至被關進人類之影子。哈哈哈，愉快愉快。」

「…………」

我想也是。要說沒受到教訓確實沒錯……

應該說，四百年前這件事對忍來說始終是往事，是過去，頂多只是需要活用的教訓吧。

記憶與回憶都磨損。

這肯定是年少輕狂，回憶時會難為情的往事或回想場面。應該不會因而情緒化，至今依然留戀，為此感受到負擔……除了一件事。

是的，忍這番話，有個光靠述說並未解決的問題。

有個尚未結束的事項。

就是「闇」。

「換句話說，在妳眼中算是信徒與初代眷屬遇害元凶的『闇』，妳到最後還是不知道真面目。」

「到最後還是不知道。」

忍以嚴肅表情點頭。

「在那之後，亦即初代怪異殺手從世間消滅之後，『那個東西』依然沒來追吾，亦沒跟來。整個事情大致平息之後，吾前往歐洲。大跳躍成為些許之心理創傷，因此吾是游泳過去，但吾抵達該處依然沒遇見那個『闇』。相對的，負面能量變得會正常聚集到吾身邊……吾認為這件事就此『結束』。但吾亦非笨蛋，因此接下來五年經常提防『闇』，只是那東西一直沒出現在吾面前，因此吾到最後忘記了。」

她這麼說。

總之，我不會問她是玩弄大腦強行忘記還是自然忘記，但我覺得這傢伙果然過著隨便至極的生活，甚至有種佩服的感覺。

居然能忘記那種東西，妳真厲害。

「吾就這樣久違了四百年才回想起來。哎～真的是回想起討厭之往事，這一切都要怪汝這位大爺。」

「怪我嗎……妳這麼責備的話，我也只能道歉。」

「開玩笑的，不是汝這位大爺之錯，反倒是吾之錯。那個『闇』肯定是至今總算追到吾。吾擅自認定結束之捉鬼遊戲，其實一直持續到現在。和吾連結之汝這位大爺成為目標，因而害得八九寺也被波及，真丟臉。」

忍這次說得真的很愧疚。

先不提幾乎是異體同心的我，這次將八九寺捲入騷動，她似乎感到歉意。

該怎麼說，八九寺是幽靈，換句話說是怪異，對忍來說肯定只是能量……難道是抱持某種同理心？

或許她們兩人都是阿良良木曆受害者之會的成員。

「原因不明、真相不明、一切不明。謎團喚來更多謎團之神祕現象『闇』，老實說連全盛時期之吾都無從應付，但現在不能說這種話。好啦，這下該怎麼辦？」

「不過，那東西四百年前沒追過來吧？那這次的事件，或許也可能在這樣逃離之後作結……」

「可能如此，亦可能不是如此。畢竟現在和當時不同，無法跳到南極。不只是非得擬定對策，吾甚至想盡量主動攻擊。要是周遭居民全遭到『神隱』就太遲吧？」

「……………」

說得也是，這不只是我與忍的問題。

這座城鎮，我出生長大的這座城鎮居民可能會全部失蹤。我們必須預料這種狀況而行動。

戰場原黑儀、羽川翼、神原駿河、千石撫子。

以及妹妹阿良良木火憐與阿良良木月火。

想到這些人，我就不能像這樣躲在安全地帶，抱持著靜待事件結束的想法。

那種現象即使不是怪異，也肯定不能置之不理。

「總之，雖然聽完妳的敘述依然沒解開謎團，總之已經有行動的立足點了。四百年前發生相同的事，而且妳同樣受害。」

「嗯，就是這麼回事。」

「既然這樣，就學忍野先從蒐集情報開始吧。像是妳消滅的那座湖、變得空無一人的聚落，從這部分的情報開始蒐集。啊，可是……」

總之，即使要從圖書館調查，也不能扔下八九寺。剛才她順勢和我一起逃過來，但既然是這種狀況，就不能繼續拖累她。

應該說，八九寺展現「害怕逆境」的新角色形象，在接下來的冒險之中有點算是累贅……會成為頗大的背包。

「沒錯。吾很想在汝這位大爺明天上學之前解決問題，但總之先等八九寺醒來，說明狀況之後和她道別，再正式展開行動……」

忍像這樣具體擬定起今後計畫時……

「我覺得別這樣應該比較好。」

旁邊插入這樣的聲音。

如同書籤插入。

「鬼哥哥。」

仔細一看，位於旁邊的是……應該說根本不用仔細看，位於旁邊的是憑喪神。

造型可愛，面無表情。

斧乃木余接。

她站在教室入口處，以清醒的表情看著我們。

「斧乃木小妹……」

「如果將這種高齡老者說的話照單全收，順著這種花言巧語行事，將會落得難以收拾的下場。鬼哥哥請我吃過冰淇淋，基於這份恩情，我無法坐視你被愚蠢的怪異唆使而受難，所以提出忠告。」

「…………」

慢著，話說回來……

妳從何時待在那裡的？

她理所當然般介入我們的對話，但是聽她熟知一切的語氣，她該不會是完成工作之後在意我們的狀況而回來吧？

斧乃木所說的工作，不會是轉眼就能辦完的事，至少不可能一兩個小時就完成。

就我從各方面推測所得的結論，那個，該怎麼說……

「嗯。」斧乃木出聲回應。「我全聽到了。湊巧的。」

「湊巧……」

「我湊巧在教室外面的走廊，將臉湊到門邊豎起耳朵。哎呀，沒想到真的有這種巧合。」

「哪可能有這種巧合？」

感覺完全被她擺了一道……

她假裝離開，其實一直待在走廊？

可是，她為什麼要這樣……

「哼。」

忍以鼻子哼聲。應該說她看起來心情差到極點。

情緒一下子降到谷底。

不，以忍的狀況，這樣或許反而令她情緒高漲。

「居然還敢當面說吾為高齡老者，憑喪神姑娘，吾很意外汝尚有這種膽量。反正內心肯定在發抖吧。看在汝如此大膽，吾破例只當場瞬間吃掉汝之生命原諒汝。」

「這很難說。現在的妳應該很難這麼做吧……」

斧乃木態度很強勢。

應該說，我差點忘了。雖然斧乃木以前慘敗在忍手下，卻始終是忍力量恢復到某種程度時的事。

若是現在幼女狀況的忍，至少沒辦法瞬間殺掉影縫的首席式神。

甚至比較可能反而被打倒。

「真要堅持的話，我並不是不願意奉陪……如何？」

「哼，再戰一次嗎……」

「唔，喂，妳們別這樣。」

我不由得出言阻止。

反射性地介入一觸即發的氣氛。

「現在不是做這種事的時候吧？不提這個，斧乃木小妹。」

「什麼事？」

「沒有啦，妳為什麼刻意低調退到走廊？如果想聽我與忍的對話，明明就這樣待在教室就好，需要不惜謊稱有工作要做嗎？」

「這是巧合。」

斧乃木依然如此堅稱，卻似乎非常清楚這種藉口很牽強。

「我沒說謊。」

她稍微修正自己的發言。

「我說要工作並不是說謊，只是延後預定行程……沒為什麼，因為那邊的高齡老者器量狹小，我覺得要是我在場，她應該會語帶保留。」

「喂喂喂，別看錯。吾看起來器量如此狹小？」

「…………」「…………」

對。

我與斧乃木內心達成共識。

忍肯定知道那個怪異的真面目——看來斧乃木聽過我的預測，為了得知詳情而暫時退到走廊。這就是真相。

也就是說，剛才的離別之吻，是故意要叫醒睡覺的忍……畢竟斧乃木知道我與忍的知覺相連。

什麼嘛，還以為她迷戀上我，原來不是這樣。

這令我沮喪。

大概三天才能振作。

「我因而聽到意外有趣的往事，不枉費我延後預定行程。我隱約有這種預感。」

斧乃木面無表情。

但是明顯可以從她冰冷的表情，看出「這次扳回一城」的情感，如同藉此稍微討回之前那筆帳。

「……唔嘎！」

忍不會察覺到這種瞧不起人的氣氛還會安分，她的個性沒和善到這種程度。忍鑽過擋在斧乃木面前的我腳下，衝向目標。

糟糕，我太大意了。

接下來即將開打……我如此心想作勢提防，忍採取的行動卻是繞到斧乃木身後，架住對方的雙臂。

「汝這位大爺，就是現在！動手！」

「別以我會當共犯為前提。」

「可以摸胸部摸到爽喔！」

「慢著，這種行為如果不是一對一，我就萌不起來……」

我說完之後，反倒像是要和斧乃木拉開距離般退後。忍和我的影子相連，因此當我這麼做，她就像是被拖走般非得離開斧乃木。

我就這樣繼續拉開她。

拉到合適的距離。

「……不過仔細想想，這是夢想般的狀況。教室裡有我，而且周圍是少女、幼女及女童。怎麼回事，難道這裡是桃花源？」

「汝這位大爺把內心想法都講出來了。」

「唔，危險危險，勉強在安全範圍。」

「剛才的發言確實勉強觸犯底線……」

總之，先不提少女、幼女及女童的年齡問題，現狀確實是豪華陣容。

忍野忍。

斧乃木余接。

以及尚未清醒的八九寺真宵。

究竟誰想像得到，劇情會演變成這三者齊聚一堂？系列作品寫下去真有好處。

好美妙的加分關。

感覺怪物全都變成金幣。

「鬼哥哥為什麼咧嘴笑咪咪？」

「他就是這種男人。小心點，這種類型光是吻一次就會糾纏一輩子。」

哎呀哎呀。

本應誓不兩立的兩人，因為有我這個共通敵人而出現和解徵兆？

呼。

不枉費我刻意飾演壞人。

不過，和三個女生一起待在小房間，這種環境別說加分關，簡直是美少女遊戲。

我並不討厭。

「話說回來，難得有這個機會，汝這位大爺就在這裡講明吧。這三人之中，汝這位大爺最喜歡誰？」

「啊？」

哇喔！

雖然是美少女遊戲，卻是恐怖的爭寵戲碼！

為什麼忽然蹦出這種問題？

「說得也是。這部分得說清楚才行。」

沒想到斧乃木附和了。

真不上道。

「呃，那個，要在這三人之中選一個，我當然選擇和我異體同心的搭檔，也就是妳啊，忍……」

「吾想知道，若吾等並非異體同心之搭檔，會是什麼答案？」

忍繼續追問。

在這種場面，為什麼非得追問我到這種程度……

這明顯是亂發脾氣，純粹是惡整……

「不不不，事到如今，就別用在場三人當選項，改成如果在吾、傲嬌姑娘以及貓班長三人之中選一個，汝這位大爺會選誰？」

「～～～～～～～～～～」

我不斷用力搖頭。

問、問這種問題就完了吧！

這部作品會陷入泥淖啊！

巧妙以不同的「喜歡」三足鼎立的三人，居然寫在同一段……這是大危機。

「這不重要，斧乃木小妹，妳聽忍說過之後怎麼想？妳之前說妳心裡對『闇』完全沒有底，但有沒有從忍那番話聯想到什麼？」

「這不重要？對於鬼哥哥來說，最喜歡誰是能以『這不重要』帶過的事？」

斧乃木不肯接話。

先不提忍，我不記得做過讓斧乃木記恨，或是讓她遷怒的事……

她完全在看好戲。

「唔咪……」

現狀雖然不到四面楚歌的程度，也是前後包夾的兩面楚歌，但另一面傳來這個救贖的聲音。

雖說是聲音，其實是夢話。

「……唔咪，這裡是哪裡……」

她這麼說。

八九寺真宵這麼說。

她終於醒了。

023

「八九寺喔喔喔！」

我以快得彷彿「例外較多之規則」脫離版的火箭衝刺，撲向八九寺。

與其說是撲向八九寺，應該說我在這種狀況目測稍微錯誤，變成朝她下方以書桌拼成的床擒抱。即使如此，躺在床上的八九寺被震飛，最後由我滑壘接住，所以算是可以接受的結果。

「呀啊啊啊啊啊啊啊啊啊啊啊啊啊啊啊啊啊啊啊啊啊啊啊啊啊啊啊啊啊啊！」

響起八九寺的尖叫聲。

超久違的。

感覺像是聆聽悅耳舒暢的古典音樂。

「太好了，妳醒了！妳昏迷之後一直沒醒，我還以為撞到要害造成無法挽回的結果，擔心得要命！即使在逃離時也不應該共乘腳踏車，我對此痛切反省！我原本想將為交通安全奮戰的激走戰隊車連者預告篇全看一遍！不過幸好妳醒了！」

「呀啊～！」

「真是的，讓我多摸一下、多舔一下、多吸一下！」

「呀啊～！呀啊～！呀啊～！」

嘎噗！

我久違被八九寺咬了。

應該說不只是八九寺，吸血鬼與憑喪神也咬我。

少女、幼女及女童，分別從三方向咬我。

何其幸福。

「嘎噗！嘎噗！嘎噗！」

「開什麼玩笑，汝這位大爺竟敢在吾面前光明正大做這種事，呆子！」

「那個，我只是不知不覺就順著興致……」

我被痛毆一頓。

她們盡情地又打又踹。

堪稱是輕型私刑，也可以說是重型私刑。

「妳、妳們慢著！我能理解妳們的心情，但冷靜一點！現在有空做這種事嗎？」

無論誰能這麼說，應該只有我沒資格這麼說。

「呼……」

我稍微喘口氣。

「畢竟久違冒出這種興致，所以我迷失自我。差點就像爆龍戰隊暴連者那樣大鬧一場。」

「不准在這時候提到暴連者。」

被忍罵了。原來這傢伙也喜歡戰隊。

「不准提這個名字螻蛄。」

也被斧乃木罵了。她還在語尾加個變化。

感覺這樣真的像是在和小朋友對話。

「話說八九寺，依我剛才觸診的感覺似乎沒有大礙……但妳真的沒事？」

「您是醫生？」

八九寺說著整理服裝儀容。

被我解開釦子的衣服立刻恢復原狀，但在騎腳踏車逃走時解開的頭髮維持原樣。她身上似乎沒有備用髮圈。

既然這樣，她明明解開另一邊的馬尾維持平衡就好……難道她對觸角設計有著自己的執著？

「不要緊，沒問題。All OK。All green。Perfect。」

八九寺說著，輕快背起昏迷時終究放下來的背包。

「阿良良木哥哥，那種真相不明的東西，原本對我來說完全不成問題喔。」

「…………」

明明被追的途中那麼慌張失常，現在卻若無其事，令我覺得她膽子真大。

「不過阿良良木哥哥，我要道謝。」

「喂喂喂，雖說親暱生狎侮，但我和妳不用這麼見外。」

我豎起大拇指這麼說。

「緊抱醒來的妳，對我來說等同於天職。」

「不，我不是為剛才的擁抱道謝，是為阿良良木哥哥剛才沒拋棄我，帶我一起逃走而道謝……我一直以為在那種狀況，阿良良木哥哥會扔下我，自己一個人逃走。」

「耶～毫無信用～！」

我真的很受打擊。原來八九寺這麼不相信我……

不過仔細想想，我很少在這傢伙面前展現帥氣的一面。

應該說，我好像老是在八九寺面前出糗……剛才也是，感覺八九寺就是我出糗時最大的受害者。

「何況……」

八九寺做個補充。

「阿良良木哥哥沒有無視於紅綠燈，我也很高興……那是在關心我吧？」

「八九寺……」

「但我不在意闖紅燈啊？我又沒那麼神經質。」

「我對妳好失望！」

居然總是準備這樣的結尾。

總之，正因為當時硬是過彎切換方向，我們才遇見在鎮上徘徊的斧乃木，想到這方面的際會，就覺得當時遵守交通號誌是正確做法。

不對，我們最後依然算是無視於交通號誌。

然後遭到報應。

「好啦，各位，既然我已經醒來，就切換一下心態吧。忍姊姊、斧乃木姊姊，請聽好，我尊重兩位的個性，但只有這次麻煩不要打亂步調。今天將考驗我們的團隊默契。」

「……好、好的。」「嗯……」

八九寺不知為何負責主導，兩人不知為何聽從指示。

這是什麼關係？

據說在現場混亂時，無論如何先有人帶頭才是上策，基於這層意義，八九寺做得很好。

記得依照設定，八九寺該說怕生嗎？應該說她沒有廣泛的溝通能力，但對方是怪異時或許是例外。

「那麼，代號『Gold』的特務，請敘述現狀。」

「是……慢著，喂，汝差不多該適可而止了。」

忍回過神來。

八九寺的短命政權至此結束。

「小心吾吃掉汝。」

「哼，妳能吃我嗎？」

明明政權已經終結，八九寺卻不知為何態度強硬。

明顯有種暗藏一手的感覺。

「我是劇毒，或許會讓妳食物中毒。」

「…………？」

忍一臉疑惑。看起來不敢採取行動。

或許是提防雙盤吸蟲寄生在八九寺體內。

……我不知道八九寺為何能像這樣維持強硬態度，但這種過於高傲的態度，基於某種意義來說堪稱極致的護身方式。

或許這是八九寺的自我防衛。

「……鬼哥哥，關於剛才的話題……」

此時，斧乃木遠離這齣短劇，輕拉我的袖子。既然有事找我，明明像剛才那樣用接吻叫我就好，這孩子真害羞。

「啊？剛才的什麼話題？」

「心裡是否有底的話題。剛才問到我聽高齡老者說完，是否想到新的情報。」

「斧乃木小妹，抱歉，說真的，今後可以別用『高齡老者』稱呼忍嗎？」

我終究不能當成沒聽到，對她這麼說。

一兩次就算了，如果一直這樣叫，我會很難受。

「何況『高齡老者』這個詞，世間肯定也逐漸沒人會用。」

「那我該怎麼稱呼？」

「比方說……鬼姊姊？」

我姑且從她對我的稱呼這樣提議，但若從外表判斷，斧乃木比忍年長。

忍：八歲。

八九寺：十歲。

斧乃木：十二歲。

大概是這種感覺……所以『鬼小妹』才正確？不，雖然我不贊成她把忍當成老人稱呼，但當成晚輩也……

不提外表，忍將近六百歲，斧乃木則是剛誕生不久。

「……那就叫『怪異殺手』吧。」

我思考之後這麼說。

另一個方案是「前姬絲秀忒・雅賽蘿拉莉昂・刃下心」。這個稱呼比較好懂，但太長了一點……頁數可能會加倍。

「唉……」

斧乃木露骨嘆了口氣。

似乎是故意的。

「不得已了，這次就給鬼哥哥一個面子吧。」

「…………」

就說了，為什麼這女生動不動就講得好像要賣我人情？是基於憑喪神特有的「節儉」精神？

「所以，我剛才湊巧在外面聽到這個怪異殺手的敘述之後，我的結論是……」

「啊，妳想起什麼事嗎？」

我雖然這麼問，卻沒抱太大期待。忍剛才述說的往事是可供參考的立足點，但是『闇』的真相依然不明，這一點沒變。

反倒是謎團喚來謎團，難解程度倍增。

更絕望的事情，在於全盛時期的忍遇見對方也不得不逃走（但當事人不承認這是逃走）的事實。

現狀只有絕望不斷累積。

我身處於小女孩環繞的豪華場面，危機意識遲遲跟不上，但我正陷入空前危機。

「斧乃木小妹該不會在這時候察覺那個『闇』的真面目吧？劇情不可能出現這種順心如意的進展……」

「可能喔。我大致明白了。」

斧乃木隨口這麼說。

她居然真的這麼說。

「咦……？斧乃木小妹，妳剛才說什麼？」

「『小妹』？應該是『小姐』吧？」

「………」

所以說我猜不透這孩子的個性……

這孩子究竟想在我心中位居何種立場？

「鬼哥哥，請教他人時，應該得表示出相應的態度吧？」

「態度……要我向妳低頭？」

「要你這傢伙跪下來磕頭。」

「踢！」

我踢了女童。

踢了女童的肚子。

斧乃木當場蹲下。她雖然是耐打的怪異，但這是偷襲，所以造成頗大的打擊。

「嗚……咕咕咕咕……」

居然發出這種討厭的呻吟。

別以為這樣會讓我抱持罪惡感。

也不想想我多麼虐待八九寺真宵至今。

「知道什麼事就趕快給我招出來。現在不容許片刻猶豫。」

「知道了啦，知道了，知道了。」

斧乃木說著起身。

手心朝向我，表達停戰訴求。

「我知道了，所以拜託別再暴力相向。」

「…………」

她很正常地懇求我。

她面對暴力的脆弱程度，令人隱約窺視到她平常遭受影縫何種對待。

「鬼哥哥，從結論來說，現狀很不妙。」

「……慢著，我好歹很清楚現狀不妙……非常明白這種事，正因如此才陷入這種狀況……」

「那不是怪異，是怪異以外的某種東西。」

斧乃木這麼說。

「正因如此，怪異殺手……以及那個初代怪異殺手也無從應付。那東西是以不同的法則行動，所以是理所當然。鬼哥哥當然也無從應付。」

斧乃木這番話的語氣有些自暴自棄。

不，這孩子原本就有這一面，要當成一種變化，或許是我過於敏感。

然而……不是怪異？

我在很早的階段就推測可能如此，而且從忍那番話也得到某種程度的證實，但斧乃木如此斷言，我就無法理解今後會招致何種事態。

和「闇」一樣無法理解。

「既然不是怪異，那是什麼？再來才是問題吧？那個『闇』究竟是『什麼』？」

「具體的名字無從得知，但是知道的人就知道。我也是間接聽說，正因如此，所以剛開始心裡沒有底。但聽過怪異殺手的往事，一條細線得以相連。」

「一條……細線……」

以斧乃木的立場，「間接聽說」應該是直接聽影縫說的。那影縫是聽誰說的？只要找到那個人詢問，即使不到解決現狀的程度，應該也可以往前一步。

「誰知道那個『闇』的真面目？斧乃木小妹說的細線和誰相連？」

斧乃木說出這個名字。

「臥煙伊豆湖。」

「她——無所不知。」

024

臥煙。

我在搜索關於這個姓氏的記憶之前，「那個東西」就出現，在旁邊現身。

在旁邊現形。

那個「闇」，就在那裡。

在廢墟教室，我們用來避難的這間教室正中央。

記得直到剛才，那裡都是我拿書桌為八九寺拼成的床。本應如此。

然而，消失了。消失不見。

那裡只有黑暗。

漆黑深沉，抓不到距離感，位於該處卻不曉得位於何處，看得見卻看不見。

「闇」。

「————！」

「…………！」

「〰〰〰！」

「唔……」

八九寺真宵、忍野忍、斧乃木余接，以及我，感到戰慄。

毫無前兆，過於沒有脈絡可循，突然登場的「那個東西」，使我們啞口無言。我們

至今不知為何過於大意。

我真的是不知為何，神奇地認定這座補習班廢墟很安全。

慢著，我先入為主的觀念也太強烈了。

「咕，嗚嗚嗚……」

「各位快逃！」

比起明顯混亂的我，以及久違四百年親眼見到「那個東西」的忍，或是距離那個「闇」最近的斧乃木，八九寺比我們都快。

她的判斷最為迅速。

「呃……好！」

逃？

可是，怎麼逃？

像剛才一樣，請斧乃木發動「例外較多之規則」脫離版嗎？這是好點子。

然而如前面所述，斧乃木位於最靠近「闇」的位置，我們無法靠近。要是我們接近斧乃木，「闇」或許會吞噬斧乃木，連帶吞噬我們。

此時非得由斧乃木往我們這邊逃，但她似乎還沒理解這個突發事態。

不對，她應該正試著理解。

因為試著理解，所以沒採取行動。

然而，目前只有她擁有逃走的手段。忍現在失去大部分的吸血鬼能力，無法像當年那樣逃到南極。

我現在也幾乎處於平凡模式，八九寺更不用說。

我們在這種狀況該怎麼做？怎樣才逃得掉？

我們甚至不曉得這個「現象」是否是敵人，至少不像是具備意識。我們該怎麼做才能逃離這個「現象」？

這是錯的嗎？

此時不應該逃跑，而是考慮戰鬥嗎？

然而，我們甚至沒有開戰的導火線。

這個「闇」確實吞噬我的愛車，換句話說是我應該憎恨的對象，但我不曉得該對這傢伙採取何種態度。

既然不曉得這東西是不是敵人，就很難抱持敵意。

「唔……」

雙方就這麼維持僵持不下的狀態。無人動彈的狀況持續了很久。

或許實際上只有短短數秒，但以感覺來說很漫長。

只有斧乃木有方法逃離現場。既然斧乃木繼續愣住，任何人都不能行動。

不對。「任何人都不能行動」是錯的。

雖然不曉得是否能列入「任何人」之中，但有個傢伙能行動。

就是「闇」。沒錯，這東西動了。

但並非朝著斧乃木的方向行動。明明移動短短的數十公分就能吞噬斧乃木，「那個東西」卻沒這麼做。

不是朝著斧乃木，而是朝著以相對位置來說最遠的八九寺移動。

緩緩地，在我回神時已經移動。

「唔！八九寺……」

我叫著八九寺，試圖比「闇」先趕到八九寺那裡，卻始終只有意志這麼想，實際上不曉得是否可以行動。我不曉得哪些行動會對「闇」造成何種刺激。

或許「那個東西」如同斧乃木所說，會反映我的動作加速。

只是加速還好，說不定會以那種近乎瞬間移動的動作，一鼓作氣吞噬八九寺，或是吞噬在場所有人。

所以，我只能這麼說。

「……來這裡！」

無論如何，唯一能確認的現狀，就是「闇」朝著八九寺移動。無論會造成何種結果，只有八九寺非得採取應變之道。既然這樣，希望她務必來我這裡。

忍和我以影子相連，所以沒必要牽著忍。我和八九寺會合之後，就這麼抱住斧乃木，讓她發動「例外較多之規則」脫離版就好。

若是無法順利從窗戶離開，撞破天花板也好。逃到哪裡都好，總之只要以超高速拉開距離，肯定就能得救。

至少能暫時得救。

「呃……是！」

在這種狀況，八九寺害怕逆境的個性，大概造成正面效果吧……平常那麼反抗我的少女，這次毫無抵抗，而且立刻聽從我的要求。

即使我經常撲向八九寺，但八九寺主動撲向我就很稀奇。而且回想起來，光是今天就撲兩次，所以更稀奇。

原來活著也會發生這種好事。正因如此，不能死在這種地方。我抱持這個念頭緊抱八九寺。

「闇」沒有停止動作，穿過剛才八九寺所在的位置，吞噬前方的數張桌子。真的如同黑洞。

我印象中的黑洞應該具備引力，但至少「闇」不會吸入物體。

即使會吞噬，也不會吸入。既然這樣就逃得掉。即使晚一步行動，只要速度足夠就逃得掉。

我抱起八九寺（瞬間）。

撲向斧乃木（瞬間）。

抱住她的身體（瞬間）。

「斧乃木小妹！」

如此大喊（瞬間）。

「就是現在！」

「咦？慢著，鬼哥哥你太大膽了，別這樣啦，別摸奇怪的地方，搞不懂你在這種時候想什麼。」

「我才搞不懂妳在想什麼！」

我全力怒罵，賞她一記頭鎚。

我雙手抓著八九寺，所以沒辦法出手。忍已經沉入我的影子，不愧是和我在情感層面相繫。我暗自擔心她事後會不會逼問「汝這位大爺是不是拋棄吾」，所以心靈能像這樣相通，真的令我安心。

「斧乃木小妹，逃吧！就像剛才那樣！」

「啊啊，原來是這個意思。」

斧乃木像是打從一開始就忘記這個選項，這種反應甚至令我火上心頭，但現在當然沒餘力質詢這種事。

「闇」轉移方向，朝這裡移動。

看似如此，但大概是我的錯覺。

「『例外較多之規則』——脫離版。」

025

事後聽斧乃木說，這次的超高速移動沒撞破天花板，是規矩地從窗戶離開。

我不曉得從窗戶離開是否能形容為「規矩」……總之，斧乃木或許是以自己的做法，避免破壞這座充滿我們回憶的補習班廢墟。

又是「或許」、又是「事後聽說」，我之所以形容得莫名含糊，在於我無法掌握斧乃木當時的表情與移動路徑。

因為速度過快。

忍說她全盛時期的特殊指令大跳躍，斧乃木完全沒得比，但是就我看斧乃木這時候的速度，她的腳程或許足以和忍並駕齊驅。

而且這次移動的衝擊使我昏迷。雖然不是絕對，但我的意識難以承受這種速度。

「因為這次和第一次不同，完全沒放水，是全力逃走。鬼哥哥，光是身體沒被音爆拆得四分五裂，就算是非常走運喔。」

這是斧乃木的說法。

比起說法更像是辯解。

這傢伙死不道歉……

總之，她應該是判斷非得以這種速度才能逃脫，而且實際上也成功逃脫，所以我不可能有怨言……但我實在不想道謝。

人是感性的生物。

「所以……這裡是哪裡？」

我清醒一看，這裡是未曾見過的地方。似乎是山上，卻不知道是哪座山。

雖然每座山上的景色都大同小異……但至少不是我很熟悉，應該說和我緣分匪淺的北白蛇神社所在的山。完全沒有熟悉感。

唔……

慢著，與其在意地點，時間也……

天色是夜晚……應該說是將近拂曉……

「鬼哥哥，我不知道這裡是哪裡，因為無暇設定座標。但確定是那座補習班廢墟往北的某處。」

「北……咦，但為什麼是山上？」

「因為日本的國土有七成是山，隨便跳當然會跳到山上。」

「…………」

忍說過地表七成是海，所以一跳就會抵達海面。雖然格局不同，但斧乃木說出相同的事情。

「總之，應該沒有離開太遠……第一次幾乎是往正上方跳，所以直線距離只移動數公里而已。」

「那個『闇』……沒追來？」

「好像是。哎，看來那東西確實不太擅長應付高度上的變化……因為怪異殺手四百年前也是這樣逃走的。早知道這次應該也往上跳，但因為是瞄準窗戶，所以角度不是很高，如同砲彈一樣跳出去，或許跳了數十公里，甚至超過一百公里吧。」

斧乃木面不改色這麼說。

看來剛才是不顧一切逃走。

總之，既然是足以令我昏迷的速度，要超過夢想中的一百公里也不是夢……畢竟時速絕對不只一百公里，光是中途沒被甩掉就得謝天謝地。

「……所以，八九寺怎麼了？該不會中途被甩掉吧？」

「不用擔心，因為鬼哥哥穩穩抓住她的胸部。天底下居然有這種安全帶。她躺在那邊的樹下睡覺。」

「睡覺……她又昏迷了？」

「不，她抵達時醒著，但入夜之後說很睏，所以睡著了。」

「…………」

只要不是逆境，這傢伙神經真的很大條。

搞不懂是怎樣的神經構造。

「這樣啊……是因為入夜……是現在這種時間。對了，現在幾點？應該說……我昏迷了多久？」

「要說多久，大概是鬼哥哥被我與八九寺小姐盡情玩弄那麼久。」

「妳們對昏迷的我做了什麼？」

話說，她居然稱呼「八九寺小姐」？

妳們的交情竟然變得這麼好。

「具體來說是一個晚上，從傍晚直到現在，總之大約十二小時吧。」

「十二小時……」

難怪我睡得很好。

由於精神上也很疲勞，所以身體應該是趁著昏迷的好機會進入睡眠模式。但我完全不覺得疲勞已經消除。

「剛才說盡情玩弄，但是實際上，我與八九寺小姐是在看護鬼哥哥。」

「咦，這樣啊……那就是我的錯。」

「鬼哥哥真的覺得錯了？光用說的只是空頭支票……如果鬼哥哥真的覺得自己有錯，就立刻發誓即使看到衣服底下滿滿的塗鴉也絕不生氣。」

「我立刻生氣給妳看！」

我很想一腳踢下去，但還是打消念頭。

先不提是否看護，但是在逃走時，昏迷的人完全是累贅。光是她們沒當場扔下我而自己逃走，我就很感激了。

「不過……謹慎來說，上下移動就不會被追的法則，回想起來也只是經驗法則，始終是『暫時性』的處置，無法保證下次也能順利。」

「是啊……不提經驗法則，完全抓不到那個『闇』的法則。那是什麼東西？」

若是緊追不捨，反倒令我覺得舒坦。

即使是現在，那個『闇』也不曉得幾時會出現在我身邊。雖然隱約有種鬆一口氣的感覺，卻完全不是這麼回事。

「八九寺她……」

為了以防萬一，我姑且起身確認八九寺的睡臉。因為斧乃木或許只是不讓我擔心才那麼說，八九寺說不定有受傷。

不過八九寺是幽靈，不曉得她是否會基於真正的意義受傷……

無論如何，睡在樹下的八九寺完全健康，看來只是我杞人憂天。

我好好摸過，所以肯定沒錯。

她非常健康。

「那麼……現在該怎麼辦？既然連這裡是哪裡都不曉得……」

我說著取出手機。

唔～……

理所當然收不到訊號。所以代表至少這附近沒有城鎮，是在深山裡。

雖然覺得不可能，但該不會因為斧乃木認真起來，使我們來到海外吧……說不定這裡其實是美國大峽谷。

……不過大峽谷並不是山。

「……我很想反擊，但反擊對那個東西有效嗎？到頭來，那東西是否以我們為目標，其實也是一個問題……畢竟那東西衝著忍而來，也算是一種經驗法則……」

「要衡量反擊的基準，得先用問的。」

「用問的？」

「就是蒐集情報。我在那傢伙出現前一刻說的話，鬼哥哥忘了嗎？我說過有人知道那種不是怪異的現象吧？」

「…………」

咦，這麼說來，她似乎這麼說過。

我在下一刻失去意識，所以記憶模糊，不過記得那個人叫作……

「臥煙……」

臥煙伊豆湖。

找這個人詢問詳情就好？這個人是影縫認識的人……吧？這麼一來，就非得先接觸影縫，取得聯絡管道……

「斧乃木小妹……妳沒處理工作沒關係嗎？」

「當然有關係。但終究沒辦法在這時候斷然回去工作，我也沒這麼無情。」

「……聯絡得上影縫小姐嗎？妳昨天說聯絡不上，但經過這段時間，她應該差不多辦完事情了吧？」

「聯絡姊姊……也對。事到如今，即使很難聯絡，即使姊姊還在工作，也非得聯絡不可。基於這層意義，我準備了幾個聯絡得上姊姊的方法當成王牌……但在現在的深山裡都無法使用。」

「不能以心電感應溝通？」

「很遺憾，我們的羈絆沒這麼強，只能下山以電話或手機郵件通知，即使如此，我也不認為姊姊會立刻回覆，因為她很懶。」

「很懶是吧……哎，影縫小姐不像是收到郵件會一分鐘內回信的類型。」

但無論影縫個性如何，也只能依賴這個方法。因為目前沒有其他管道能接觸臥煙伊豆湖。

「總之，即使不到心電感應的程度，也希望姊姊的第六感發揮作用……但姊姊若是真有必要，應該會面不改色拋棄我。」

「…………」

「話說，鬼哥哥，差不多該從影子拉出那個怪異殺手了吧？」

斧乃木這麼說。

「不曉得是討厭和我說話，還是在悠哉睡大頭覺，她自從降落在這裡就沒出現。我覺得她和鬼哥哥不一樣，不會因為速度太快受到衝擊而昏迷。」

「……妳說忍？」

咦？

這麼說來，忍不在這裡。不對，我從一開始就察覺她不在這裡，所以認定理所當然待在我的影子裡。因為我和忍不可能「走散」，這一點和斧乃木或八九寺不同。

我們以影子、以內心連結彼此。不可能相隔兩地。

換句話說，既然忍現在不在這裡，依照理所當然的結論，那個傢伙潛藏在我的影子裡。

然而仔細想想，不太對勁。

因為，現在是夜晚。

雖然即將天亮，不算是深夜，但這個時段肯定歸類為「夜晚」，甚至不是拂曉。

明明是如此，為什麼？

「忍為什麼……沒醒著？」

「……居然說為什麼……鬼哥哥，就算你這樣問，我也很為難。」

面無表情的斧乃木，對我這番話展現困惑之意。斧乃木的想法應該和我相同，但她聽我重新這麼問，似乎對此有種強烈的突兀感。

「也是啦，畢竟那個傢伙討厭我。」

「忍與斧乃木小妹確實交惡，忍也不喜歡妳，但是在這麼重要的時候，她不會只因為這樣就躲在影子裡……她不是這種傢伙。」

「……鬼哥哥真信賴她。」

斧乃木以特別挖苦的語氣這麼說。

但她沒有繼續反駁。

該怎麼說，忍在這方面的寬宏大量，斧乃木似乎也不得不認同，也正因如此才會挖苦吧。

「既然這樣……會是怎麼回事？雖然應該不可能，但她難道在影子裡昏迷……還是基於某些原因受重傷……現在的那個傢伙，沒有上次和我交戰時的再生能力吧？」

斧乃木如此確認。她在這方面說得沒錯，不過……

「在影子裡有可能受重傷嗎……畢竟那裡如同忍自己的超空間，肯定和這種物理層面的打擊無緣……」

我說著碰觸自己的影子。

雖然是月光形成的朦朧影子，但確實是我的影子。忍肯定在裡面，沒有才奇怪。

「鬼哥哥沒辦法進入自己的影子？」

「很遺憾不行。但是……」

我以手心反覆摸影子，卻沒有任何反應。我現在感受到的不安與焦躁，肯定透過影子傳達給忍，但在這方面也沒有反應。

忍現在的反應能力，明明遠超過四百年前，那麼……究竟是怎麼回事？

「斧乃木小妹，既然這樣，就只能和妳接吻了。」

「要怎樣才會變成這樣？」

「只能像昨天那樣，以這種行為造成悸動驚動忍了。只能接吻，只能舌吻了！」

「……如果非得這麼做，我還是會做……但是總覺得好討厭。」

斧乃木這麼說。

她嫌棄我。我好難過。

然而，現在別無他法。

即使斧乃木再怎麼抗拒，我也只能選擇奪走她的唇！

「那個……」

就在我正要抓住斧乃木嬌小身軀的時間點，八九寺從樹後探頭。

「阿良良木哥哥。」

什麼嘛，剛才看的時候明明在睡覺，原來醒了。

或許是我與斧乃木的對話太吵。

我自認努力輕聲細語……

「怎麼了，八九寺，嫉妒？」

我轉向八九寺。

「不然的話，我接吻的對象也可以改成妳。既然這樣，妳應該要早說才對。」

「阿良良木，請去死一死吧。啊，不對，阿良良木哥哥，請等一下。」

「等什麼？等我負起這個角色形象的責任自殺？」

我自覺正因為混亂而講出莫名其妙的話，做出莫名其妙的事。

我很擔心今後是否能夠挽回。

「呃，那個……我在這麼重要的時候睡著，對不起。」

八九寺這麼說。看來她姑且為這件事感到愧疚而反省。

不過，這是情非得已。

一直昏迷的我，沒資格指責這件事。

「只是睡覺沒關係的。不提這個，八九寺，我正要和斧乃木小妹接吻，為什麼要我等一下？」

「不……阿良良木哥哥，要阻止接吻的理由有無數個，不過在這之前，關於忍姊姊的事……」

八九寺走向我們這麼說。

由於剛醒來就立刻叫我，所以沒背背包。

「換句話說，那一位現在不在影子裡吧……？」

「……不，並不是不在……」

只可能是睡著，或是昏迷……因為現在的忍被我的影子束縛。

啊，不過也有例外？實際上，忍和斧乃木交戰時，就可以暫時離開我的影子。

不過，當時是忍取回大部分的吸血鬼力量才做得到。

「……鬼哥哥，容我稍微……」

斧乃木聽到八九寺這番話之後採取行動。像我剛才那樣碰觸我的影子。

接著她閉上雙眼，似乎在尋找東西。

「斧乃木小妹……」

「別說話，我正在調查，正在尋找。」

斧乃木制止我，閉著雙眼，所有注意力集中在碰觸我影子的手掌。這時候的我，

終究沒有悠哉到以為她閉著雙眼是在索吻。

就只是靜心等待。

等待斧乃木得出結論。

等待已經看得到答案的結論。

「……不在。」
最後，斧乃木這麼說。
以毫不矯飾的話語這麼說。
「她不在。」

026

「當時，被抱在阿良良木哥哥懷裡的我有看見。看見『闇』和阿良良木哥哥的影子重疊。」
八九寺這麼說。
她也和我與斧乃木一樣，蹲在我的影子旁邊。
「說不定，忍姊姊當時被那個『闇』吞噬吧……但這真的只是猜測。」
「…………」
「闇」碰到我的影子？我沒察覺這件事。
不對，或許只是因為後續的衝擊使我忘記……但真的有這種事？
並不是直接碰到吧？

只是碰到影子，就能吞噬影子「裡面」的東西，簡直亂七八糟。不過仔細想想，試著思考吧，我現在不就在應付一個亂七八糟的東西？

不就在應付一個不曉得位於何處的神祕現象？

既然這樣……

「……忍被吞噬……被那個『闇』吞噬……怎麼會……」

「不，我認為不是這樣。」

我被迫面對這殘酷的可能性而嚥一口氣時，斧乃木如此回應。

這句話並未特別蘊含情感，相對的，是和安慰或關懷無緣的話語。光是如此就具備相當的說服力。

「假設怪異殺手被『那個東西』吞噬，鬼哥哥肯定會『完全』失去吸血鬼特性，恢復為平凡人。但是沒變成這樣。」

「……沒變成這樣……慢著，但有辦法確實辨別我是否失去吸血鬼特性嗎？啊，記得斧乃木小妹做得到。」

我們首度見面時，斧乃木就看穿我是吸血鬼，稱呼我「鬼哥哥」。

或許她身為式神、身為怪異，擁有某種看穿的技術。

如同現在看穿忍不在我的影子裡。

「不，如果只是單純的判別，忍哥哥也肯定做得到。因為忍哥哥現在『看得見』

八九寺小姐吧？」

「……對。」

「既然清楚看見八九寺小姐這個怪異，就代表鬼哥哥沒失去怪異特性，沒失去吸血鬼特性。」

我聽她這麼說，再度看向八九寺。

看得見。

確實看得見她在那裡。

也就是說，我依然是吸血鬼……嗎？由此推測，忍並未被那個「闇」吞噬……

「不過，光是看得見不足以判斷。我得用摸的確認才行。」

「別開玩笑，請去死吧，阿良良木哥哥。更正，阿良良木哥哥，請別開玩笑。」

「妳從剛才就老是叫我去死耶。」

「話說，您剛才就在我睡在樹下的時候摸遍我全身吧？」

「被發現了！」

大事不妙！

慘了，我想不到藉口！

「我以為是蟲子在煩我，我懶得處理才扔著不管……」

「我的存在價值究竟是……」

八九寺甚至不把我當變態，就這樣敗給睡意。

居然把我當蟲子，我興奮起來了。

「簡單來說，怪異殺手平安無事。不對，不確定是否平安無事，總之應該沒有被『消滅』……也就是遭到她所說的『神隱』。」

「這樣啊……」

我大幅鬆了口氣。

我的精神狀態在短短一瞬間大幅起伏。而且難受的是正如斧乃木所說，還沒能確認忍平安無事。

因為事實上，那個傢伙現在不在我的影子裡。

「怪異殺手沒消滅……但在這種狀況，得認定鬼哥哥和怪異殺手的連結中斷。」

「連結中斷……？」

「講得更正確一點，那個『闇』和影子重疊，或許導致你們的連結消滅。這麼一來，就很像是踩影子遊戲的懲罰了。」

斧乃木如此形容。以她的能耐來說，這番話說得頗為高明。

踩影子遊戲啊……

「……假設當時被『踩到影子』而斷絕連結……那現在是什麼狀況？換句話說，忍不再被我的影子束縛吧？這麼一來……」

「這麼一來，我們恐怕將怪異殺手留在那裡。因為鬼哥哥穩穩抓住我與八九寺小姐的身體，卻將怪異殺手交由連結帶著走。」

「……這可不是開玩笑的。所以我把忍留在那個真相不明的『闇』旁邊……？」

我抱住頭。居然會這樣。我居然將那個傢伙單獨留在那麼危險的地方……強烈的後悔情緒襲擊著我。

「阿良良木哥哥，請冷靜，請不要自責。斧乃木姊姊不是說過嗎？既然您看得見我，就代表忍姊姊還活著，還沒變成最壞的狀況。」

「……對，確實是這樣。」

正是如此。我們雖然將忍留在「闇」那邊，忍卻還沒被那個「闇」吞噬。至少無論再怎麼悲觀，忍沒被吞噬的可能性也比較高。那我就無暇消沉。必須盡快回到鎮上，和那個傢伙會合。

我想盡快向那個傢伙道歉。

為剛才扔下她道歉。

不曉得 Mister Donut 是否能讓她恢復心情，但我依然想道歉。

而且最重要的是，我想見她。

總是在一起的忍，如今不在我的影子裡。我沒想到自己光是如此就這麼失落。

也正因如此冒出怒意。

真相過於不明，不曉得該採取何種態度，不曉得該以何種方式應對的「闇」，使我內心不斷冒出具體的憤怒。

冒出敵意。

我可以將其「認知」為敵人。

不可原諒。

不可原諒。

因為，忍肯定也抱持相同想法。

肯定因為失去我而失落。

如同她四百年前在南極那樣，感受到孤獨。

她肯定再度感受到這種孤獨。

竟敢……竟敢讓忍遭遇這種事……

「……下山吧。」

我對兩人這麼說。

「雖然不知道這裡是哪裡，但既然是日本，應該能在一天內回到我們的城鎮……得盡快和忍會合才行。」

「鬼哥哥，我能體會你的心情，但是別焦急。我贊成下山，但是和怪異殺手會合之前，應該先聯絡姊姊。」

「啊啊，對喔，說得也是。還得同時調查『闇』的真面目……」

不妙，憤怒使我的大腦沒有正常運作。

我已經確定自己對「闇」的立場，這是好事，但不能因而失去自我貿然行動。要照順序來。

必須選擇最適當的順序。

「總之無論如何，先以斧乃木小妹的『例外較多之規則』脫離版離開這裡吧。雖說日本國土有七成是山，但有三成是城鎮，所以只要反覆使用，遲早會抵達某個有馬路或鐵軌的地方吧？」

「咦？」

「不……鬼哥哥，這就錯了。很遺憾，『例外較多之規則』脫離版不能用了。」

斧乃木這番話使我疑惑。

我想依賴她的這個能力下山，因此這番話出乎我的預料。

「為什麼……因為能量用盡？還是一天能使用的次數有限……」

「不是那樣。那一招確實要消耗不少能量，但我已經休息一個晚上，所以這方面不成問題。」

「那為什麼……」

「問題在於鬼哥哥。」斧乃木說。「鬼哥哥和怪異殺手的連結中斷，那麼即使吸血鬼特性沒消失，肯定也反映現狀而減弱。至少現在的你並非不死之身。正因如此，鬼哥哥才承受不住剛才的『脫離』。我一直對這一點百思不得其解，卻終於在剛才懂了。如果鬼哥哥的連結還在，就絕對不可能昏迷，也不會十二小時都沒醒來。」

「…………」

「鬼哥哥現在變弱了。不只是『例外較多之規則』脫離版，最好認定至今這兩個月做過的亂來行徑，如今完全做不到。」

027

變弱了。

斧乃木如此形容，但這並非正確的形容方式。不是變弱，應該說「逐漸復原」。

吸血鬼特性沒有消失，卻下降。不死程度也一樣，沒消失卻下降。

沒想到解除連結會造成這種影響。不對，仔細想想，這真的是理所當然的事情。

但這種「理所當然」怎麼想都不會帶來正面效益。

怎麼回事？

事態逐漸惡化。

「……不過，這代表忍的吸血鬼程度反而增加吧？既然連結中斷，相對的……」

「不，那邊的吸血鬼程度應該也下降，這是連鎖性質。你們建立的關係是這種形式。不過，如果鬼哥哥不是『失去能力』而是『失去生命』，那個怪異殺手應該會恢復為全盛時期的怪異殺手。」

是的。就是這樣的機制。

所以不只是我，忍的狀況也持續惡化。只是「依然」存在，不曉得何時會消滅。

不過，我要冷靜下來。

還不能結束。

這部物語持續進行中。

「想到現在是連結中斷的緊急狀況，盡早去找那個吸血鬼是正確的做法，下山也是正確的做法。反正我們對上那個『闇』，沒有任何地方是安全的。」

這是斧乃木的結論。

「不過，我們得自己走下山。」

然後，我們就這麼做了。

沒有相關裝備就下山絕非難事，這段路程坎坷難行——這麼說簡直是裝模作樣。

我們姑且沿著下坡移動，但如果這裡是山脈正中央，走上坡或下坡都沒差。

斧乃木是怪異，不會因為爬山或下山就疲累，但我沒辦法這樣。八九寺亦然。

這傢伙雖然是怪異，卻不是斧乃木那種戰鬥型怪異。先不提存在力，體力和一般的十歲兒童沒有兩樣。

高速飛行吃得消，登山健行卻吃不消，總覺得頗為矛盾……總歸來說，她是血條進入紅色警戒時，能力就會倍增的角色吧。

「喂，八九寺，妳走前面。」

「啊？」

八九寺聽到我這番話，儘可能露出詫異……應該說不悅的表情看我。

「你這卑賤傢伙講這什麼話？」

「居然叫我卑賤傢伙，這種字眼在現實當中很少用。」

「走這種險峻山路時，應該由男性帶頭吧？這是我看《神劍闖江湖》說的。」

「為什麼妳的知識來自《神劍闖江湖》？」

「總之，我也像是漫畫主角那種流浪人。」

八九寺說得洋洋得意。

但她確實是迷途的子民……

「今晚的逆刃刀渴望著鮮血！」

「我覺得應該沒這種招牌臺詞吧……」

天底下沒有這種逆刃刀。

不過，被逆刃刀砍中應該還是會出血吧。

「阿良良木哥哥，您怎麼露出那種表情？您也是會說『嘴裡說立誓不再殺人，即使刀刃是反的，以金屬棍毆打別人腦袋，正常來說還是會致命吧』，不解風情地吐槽漫畫的人？」

「我沒想這麼多。」

我聳肩回應。

「但我覺得走山路時，身材嬌小的妳走前面比較好。畢竟要是腳步寬的我先走，一個不小心就可能失散……」

我走在後面，應該就可以在八九寺發生狀況臨機應變，但我這種想法似乎不受她的青睞。

而且以八九寺的角度，或許會覺得自己變成煤礦坑裡帶頭的金絲雀（註10）。

「男性和女性走人行道時，男性要靠馬路走；要帶頭開門、殿後關門；幫忙提東西當然不用說，還不能比女性先坐下；上樓時要走女性後方、下樓時要走女性前方。所以……」

斧乃木靜靜地這麼說。

「也對，下山時，鬼哥哥或許應該走最前面。」

註10　金絲雀對煤氣很敏感，因此被礦工用來偵測毒氣。

「…………」

式神對我提倡女性優先的精神。

但是先不提女性優先，這孩子平常和主人影縫行走的時候，會讓影縫站在自己的肩膀上……

嗯？

慢著，她剛才說了什麼？

「所以上樓的時候，建議男性最好走在女性後面？即使女性穿裙子？」

「…………」

「…………」

八九寺與斧乃木同時按住裙子。這動作令我失望。我明明只是提出純真的疑問。

「……鬼哥哥，男性走在女性後面，始終是因為女性打滑摔落階梯的時候，男性必須以包容力接住，知道嗎？」

「我當然知道這種事。實際上，我半年前就接過摔落階梯的女生。」

「聽到剛才那段事蹟，就會質疑這個行徑的上一個階段可能包含非分之想……」

「嗯，這件事是不是應該對戰場原姊姊打小報告……」

女童與少女開始對我抱持莫須有的懷疑。

唔，這部分需要解釋。

辯解並不是男子漢該做的事，但她們持續誤會我這個紳士，肯定是她們非常大的損失，所以我非得親切地釐清這項質疑。

真是的。我真是寵她們。

但這就是我的作風。

「妳們聽好，我光是看到穿裙子的女生就會心跳加速，並非一定想看裙底風光。甚至只要看見裙子搖晃，看見隨風飄動的裙子就非常滿足。裙底風光相較於裙子只是附屬品，要是看得見裙底，我甚至會刻意移開目光。」

「麻煩走前面。」

「請走前面被蛇咬吧。」

女童與少女逃離我的視線範圍。

居然會這樣……

我述說真相想解除誤會，卻讓關係更加惡化。既然這樣，持續誤解或許比較好。

就某種意義來說，我或許只傳達男子氣概……

但我也聽說走在山路時，蛇會咬的不是帶頭的人，是第二人……

也有人說殿後最危險。

或許在山上行走時，隊伍沒有哪個位置是安全的。

到頭來，標榜女性優先的紳士，根本不會帶女性到山上……

「我原本以為阿良良木哥哥可能是因為變成吸血鬼才更加變態，但是看到您連結中斷依然是這副德行，兩者應該沒有關係。」

八九寺這麼說。

在我的視線範圍之外，在我身後這麼說。

「看來阿良良木哥哥只是個變態。」

「不要隨口就講變態變態，不要這麼輕易用變態這個詞，不然我好像變態。」

「要是過度隨意形容為變態，這個詞確實會逐漸失去分量，讓人不小心覺得這樣沒什麼大不了……但如果阿良良木哥哥這樣的人真實存在，就會造成社會問題吧？」

「不准把我說得像是虛構人物。」

「說到變態……」

斧乃木出乎意料從這個詞鋪陳話題……居然是從變態這個詞。

不過，她說的變態是另一種意義。

「毛蟲變成蝴蝶叫作變態，不過這究竟是什麼樣的現象？」

「嗯？」

「換句話說，那是生物『進化』為完全不同東西的現象嗎……不，我只是隨口說說，因為我沒有生物學的知識……」

「嗯……」

八九寺一臉正經。

「變態分成完全變態與不完全變態，阿良良木哥哥現在是哪種？形容成完全變態終究太過度吧……」

「說到過度，還有一個詞是『過變態』（註11），代表生物蛻變為幾乎完全不同體制的生物……不過在這種狀況，生物本身的定位落在哪裡？」

「過變態啊，感覺這個詞用在阿良良木哥哥身上很貼切耶。」

女童與少女的對話，感覺好像雞同鴨講，又好像不是。

而且八九寺盡是在說我壞話。

「人類變成吸血鬼，可以形容為『變態』嗎？」

我介入兩人的對話。

因為我完全沒理由不介入少女與女童的對話。

「不只成為不同的生物，還從生物轉變為怪物……唔～這就很難說了。」

「沒歷經蛹化期，所以是不完全變態吧。原來如此，阿良良木哥哥不完全啊……無論是『不完全』還是『變態』，這些詞都很適合阿良良木哥哥耶。」

「…………」

八九寺，可以暫時別說話嗎？

註11　中文譯為「複變態」。

我難得對八九寺抱持這種想法。

「然而不只是吸血鬼，怪異基本上都是從『某物』產生『變化』而誕生，或許可以形容為變態。」

斧乃木繼續這麼說。

面無表情，無視於八九寺。

應該說，感覺斧乃木基本上一直無視於八九寺的消遣。

「『某物』產生『變化』……」

「對。」

斧乃木點頭回應。

「所以才是『化物』（註12）吧？」

「…………」

「『變化』而『形成』，所以是『化物』。人成為幽靈也是一種『變化』，我則是『屍體』的『化物』。『想法』會產生『變化』，狐狸或貍貓也會『變化』為假的外型『出現』……」

斧乃木想到什麼就說什麼。

「所以『人類』成為『吸血鬼』，或許也是一種『變化』，是變態。也就是英文所

註12　「化物」是「怪物」的日文漢字。

說的 Memotarphose。」

「……不是 Metamorphose？」

「我本來就是說 Metamorphose。」

斧乃木如此堅持。

完全不想認錯。

「這麼一來……」

我繼續說下去。

在山上，在堪稱變態昆蟲寶庫的險峻山區，在可能有許多狐狸或狸貓變身騙人的山上講這種話題，總覺得頗為滑稽。

「忍這個吸血鬼變成神，也是一種變態？」

「嗯？」

「沒有啦，所以說……」

斧乃木似乎聽不太懂，所以我稍微說詳細一點。

「我在想，『化物』變化為『化物』，是否也算是一種變態……不過，這終究只是修辭上的問題吧。」

「……實際上，妖怪也會變化。日文就有『妖怪變化』這個詞。不過……」

斧乃木繼續說下去。

「以那個怪異殺手的狀況，對，應該不是變態……」

「咦……？」

「因為在四百年前，怪異殺手並沒有『成為神』吧？她被當成『神』敬仰，卻始終維持『鬼』的身分。」

「…………」

「是的，像『鬼』一樣，繼續維持『鬼』的身分。怪異殺手述說的鬼之物語，始終是鬼之物語，不是神之物語。」

斧乃木這麼說。

「嗯……」

總之，這麼說來確實如此……

明明只是在說理所當然的事情，卻不知為何覺得討論到相當重要的事情。

但我真的不曉得為什麼……

「這麼說來，八九寺，蝸牛又如何？蝸牛是變態嗎？」

「慢著，講得我像是蝸牛專家，我也很為難……」

「…………？」

八九寺的回應令我詫異。

奇怪，她講得支支吾吾。

應該不是問蝸牛是不是變態，要問蝸牛會不會變態才對，這種說法如同八九寺是變態。我明明在話中展現這樣的破綻，她卻沒有上鉤。

我本來想接著和八九寺繼續聊變態話題……

走山路果然太吃力吧。

即使她是憑依在道路的幽靈，山路終究在她預料之外……何況這附近甚至沒山路可走。

「蝸牛是從卵中孵化時就有殼……所以外型應該沒變態吧……」

最後是斧乃木回應我的問題，而且是極為正經地回應。

「咦？蝸牛是卵生……啊啊，不過說得也是，畢竟有貝殼。」

「不然鬼哥哥以為是怎麼繁殖的？」

「我總覺得是用分裂的方式增殖……因為是軟體動物。」

「軟體動物也是產卵增殖吧……鬼哥哥沒吃過章魚蛋？」

「那不是經常吃得到的東西吧……」

不過，原來如此。

說得也是。

以分裂增殖的，是水螅那種更單純的生物。

不過，這真的不是在講第一個眷屬復活時的狀況……

「聽說有挖掘到懷孕恐龍的化石，總之生物有各種繁衍方式……」

「如果……」

「嗯？」

「總之，我即使在連結中斷的現在，體內也確實留著吸血鬼的『後遺症』……也就是維持『非人類狀態』。那如果我將來以這種狀態結婚生子，我的後代會如何？」

「…………」

斧乃木對我的這個問題沉默片刻。

「什麼嘛。」接著她這麼說。「在這麼嚴肅的極限狀況，鬼哥哥卻擔心和女性進行性行為時的問題？這樣也太色了。」

「並不是！我剛才省略這個過程吧？這是可愛……應該說極為正經的話題吧？像是和心上人一起想孩子的名字之類的！」

「這是假設將來成立家庭的嚴肅問題，卻省略過程討論是吧……」

八九寺這麼說。

話題離開蝸牛之後，她就回來了。

這個少女好厲害，只以音調差異就表達所有的意思。（註13）

或許只有我察覺，但「嚴肅」其實也是音近的詞。

註13　日文「假設」、「家庭」、「過程」音同。

「剛才也說過，人類與吸血鬼分別是生物與怪物，生態本身就不一樣……所以實際上如何？感覺像是在討論狗與人是否能生下混血兒吧？不對，不只如此，考量到吸血鬼不是生物，應該像是在討論電視與人是否能生下混血兒。」

斧乃木聽我問完之後歪過腦袋。

「那就不可能吧？」她這麼說。「如果鬼哥哥一定要繁衍後代，或許得讓對方女性也化為吸血鬼……慢著慢著，到頭來，吸血鬼是以吸血行為繁衍……所以即使彼此都是吸血鬼依然不行？但是歷史上並不是沒有吸血鬼親子或吸血鬼兄弟的例子……」

「雖然我這麼問，但是回想起來，我見過吸血鬼混血兒。」

我回想起來了。

雖然不像忍述說往事時的心情，但這是我不太願意回想的回憶。

「那是吸血鬼與人類的混血吧？一半是吸血鬼，一半是人類。」

「這樣啊。那也得看吸血鬼是男方還是女方嗎……如果真的在意這件事，我覺得也問一下臥煙小姐就好。」

「不，我並不是這麼急著想問明白……」

只是不經意感到疑問。

至少我不可能比「闇」更對這件事感興趣……假設這件事會成為問題，也是很久以後的事。

「無論如何，我覺得這不是參考過去案例就能解答的事……因為鬼哥哥與其說是吸血鬼，應該是類吸血鬼。總之以我個人的見解，鬼哥哥幾乎是人類，所以想製作孩子應該沒問題。」

「製作孩子……」

這種形容方式，看似委婉卻相當直截了當。

「既然對象是人類，那麼生下來的孩子，至少比鬼哥哥更接近人類吧……啊，鬼哥哥，抱歉。」

「嗯？」

斧乃木忽然道歉，我感到詫異。怎麼回事，斧乃木這番話哪裡失言嗎？

「我以鬼哥哥和人類女性成家為前提，但是不一定會這樣吧？對象也可能是怪異殺手。在這種狀況……」

「別這樣。和幼女製作孩子的話題，我終究不敢領教。」

「那就以敝人我來舉例吧。但這樣會有點像是戀屍癖的話題。」

「不，這裡拿八九寺舉例吧。」

「為什麼我就可以？」

總之，我們抱持各種不安情緒下山。無論走多久，走到天亮，依然不像是會抵達城鎮或村莊的樣子，但是在不知道第幾次的休息時，手機即使只有一格也終於收得到訊號了，實在僥倖。

聽說即使是沒基地臺的區域，偶爾也會一個不小心收得到訊號……山上似乎也有這種地方，即使很難打電話，但只要反覆挑戰，至少可以傳郵件出去。

「郵件也聯絡得上影縫小姐吧？」

「嗯。」

「斧乃木小妹有手機嗎？」

「不……我沒帶手機以防萬一。但我清楚記得郵件網址。」

「…………」

如果是帶著手機以防萬一就算了，但我不曉得為什麼是沒帶手機以防萬一……換句話說是以免手機遺失，進一步來說是提防手機被搶？

這樣的話，斧乃木身處的世界，或許比我想像的更嚴苛。連通訊工具都不能帶。可以的話，我很想繼續想像這方面的事，卻連這種餘力都沒有。我一邊覺得自己真冷漠，一邊輸入斧乃木所說的英數字串到手機。

「內文要寫什麼？」

「暗號……以及等待聯絡的暗語。最好完全不要寫具體狀況。姊姊要是知道這邊的狀況太危險，可能會收手不理。」

「……那個人這麼無情？我覺得她反倒是明知山有虎，偏向虎山行的個性。」

「這只限於對象是不死怪異……除此之外，姊姊基本上是明理人。」

斧乃木這麼說。

「何況姊姊趕過來也不太妙。如果姊姊樂於積極來到這裡，被除掉的也可能是鬼哥哥……啊，應該不會。因為鬼哥哥現在失去力量……」

「……無論如何，我可不想繼續樹敵……」

要說順便也很奇怪，但我寫信給影縫時，也寄信給戰場原、羽川、火憐與月火報平安。

雖然實際上並不平安，總之只要讓她們知道我有餘力寄信，她們肯定會放心。

我不想害她們擔心。

呵呵，我也變成貼心的男人了。

寄出這五封郵件花了不少時間，總之就當成休息的好機會吧。

「阿良良木哥哥。」

「八九寺，什麼事？」

「雖然是馬後砲，但剛才寄給羽川姊姊的簡訊，您把『不用擔心我』寫成『不用單心握』。」

「還真的是馬後砲！」

「這樣完全看不出來要不要擔心您，但她收到這種字沒打好的郵件，一般來說還是會擔心吧……」

「…………」

唔~……

我確實不算是熟練使用手機的人，卻犯下這種初級的錯誤，真意外……

雖然有部分原因在於避免對話中斷，以及避免羽川她們進一步追問，但是在郵件寄出之後，我關機節省寶貴的電力，之後也一邊休息一邊行走，最後下山時已經是再過一天的早上。

也就是八月二十三日。

我們花了整整一天多下山。而且與其說是下山，應該說是抵達山中的村莊。總之走得精疲力盡。

不只是走到雙腿僵硬，全身都變得僵硬。

原來樹枝總是這種感覺，真辛苦。

在這段山路之旅，我一直擔心「闇」不曉得何時會出現，所以精神上的疲勞也非同小可。雖然幸好沒發生這種事，但「闇」沒出現在這裡，就可能出現在忍那裡，這同樣使我的情緒無法平復。

「總之，在那種深山沒遇見熊之類的野獸就是萬幸……鬼哥哥，手機的收訊狀況怎麼樣？」

「我剛開機……嗯，訊號一樣很弱。但總比完全沒訊號好。」

「剛才運氣真好。」

「這很難說。看來影縫小姐還沒回信。」

羽川她們沒回信也令我在意……她們果然生氣了？還是當成我死掉了？

「嗯……既然這樣，乾脆打擾這裡的住戶打個電話比較好。即使手機訊號很弱，但這裡應該不會沒有市內電話。」

「也對……」

我說著看向背上的八九寺。八九寺在中途用盡體力與精力，所以由我背。斧乃木背著背包。

雖說是十歲女孩，但我恢復為通常模式的現在，背著一個人走山路相當辛苦……反過來說，或許正因為是十歲女孩，我才有動力背她下山吧。

……我這樣一點都不叫做通常模式。

明明很危險。

「如果影縫小姐已經做完工作，可以打電話直接聯絡上她嗎？」

「總之，有時候可以，有時候不可以……這部分挺隨便的。」

「隨便……」

「生活維持既定的規律很危險。這是姊姊的觀點。」

「……………」

是這樣嗎？我抱持這個想法，沿著沒鋪柏油的道路走向村莊。再加把勁吧。光是有路可走就要謝天謝地，直到剛才為止都還只像是走在泥土與石塊上。

「這麼說來，忍野那傢伙的生活同樣沒有規律。該怎麼說，就像是昔日超自然研究會同伴的共通原則。」

忍野與影縫在大學同屆，加入相同的社團。貝木也是社員之一。

我覺得這個社團的成員組合真特別。

而且聽說他們表面上宣稱研究超自然現象，卻老是在下將棋。

「不過，將棋給人一種非常重視棋譜的印象……或許出乎意料是偏見吧？」

「……臥煙伊豆湖也是。」

斧乃木輕聲這麼說。

「這麼說來，她好像也是那個社團的社員。」

「咦？是嗎？所以她也認識忍野啊。是忍野與貝木的……感覺這緣分真奇妙。」

「記得姊姊說她是學姊……是個性很差的學姊。」

「個性很差？」

天啊。

那個社團沒有個性好的人嗎？

「嗯，個性比姊姊、比叫作忍野的人、比叫作貝木的人都差。」

「這種傢伙真實存在嗎？不是虛構？」

老實說，我聽她說完就不太想向這種人求助……我真不想知道這種情報。

「從氣氛來看……這裡應該不可能有周邊地圖吧。這裡究竟是哪裡？」

「這句話像是響良牙在說的。」

「妳為什麼知道響良牙？」

「雖然訊號很弱，但姑且在收訊範圍吧？既然這樣，不能用GPS之類的功能調查現在位置嗎？」

「我不太清楚這種功能……打電話以外的手機功能，我都不太清楚。」

「畢竟連寫郵件都會寫錯字。不用單心握。」

「別當成消遣用的題材啦……」

不過，我如今希望她們擔心。畢竟我沒想到下山要這麼久……

老實說，我現在缺乏戰場原、羽川與妹妹成分。

至於八九寺，我終究無法在這種狀況和她快樂閒聊……只有斧乃木是唯一依靠。

可是斧乃木好冷漠。

如同屍體。

她是擁有「無視」這個基本技能的恐怖女童。

「要向哪一家借電話？」

「好多屋子沒門鈴……找有門鈴的屋子比較好？還是找直接可以敲玄關大門的屋子比較好……推銷員應該會選後者吧。」

所以才會內疚。

感覺這種算計本身就是做壞事。即使形容為壞事太過火，也像是在耍小聰明……不對，坦白說，現在不是想這種事的時候……無論對方是誰，我都得誠心誠意提出要求，非得借打電話才行。

為了和我的搭檔重逢。

和我今生的搭檔重逢。

「不過，希望是年輕女孩，最好是十幾歲女孩居住的家……比較容易說服。」

「如同鬼會說的這番話，證明鬼哥哥身為鬼的部分依然健在。善哉善哉。」

最後，我們適當地挑了一間門面氣派的住家。原本想選最初抵達的住家，但那家人養的狗狂吠，我只好打消念頭。

這間住家沒門鈴，所以我敲玄關大門。

「不好意思，我們是旅人，請給一些吃的……不對，那個，方便借個電話嗎？」

我差點透露真心話（我吸血鬼特性減弱，所以容易餓，在山上是啃樹枝果腹），說明來意。

並且繼續敲門。

「不好意思，我們是旅人……」

仔細想想，這種打招呼的方式相當詭異。我抱持這個想法繼續敲門。

「來了來了～」

即使我這樣敲門造訪很奇怪，但應該比不上屋內這聲特別開朗的回應。

相較於這間屋子的外觀，這個聲音好年輕。即使不是十幾歲也相當年輕。

就算這麼說，我也沒累到將其視為大好機會。

「久等了～」

門隨著這句話拉開。

發出「喀啦喀啦喀啦」有點卡的聲音橫向拉開。

該說正如預料嗎？現身的這名人物很年輕。

是年約二十五至三十歲的女性，而且打扮得很年輕。

斜戴棒球帽，穿著寬鬆的牛仔褲，套上XL……不對，大約是XXL的上衣，全身以項鍊或戒指等配件裝飾，甚至令人詫異她為何沒戴墨鏡。

和古色古香的住家外觀完全不搭。

講得不客氣一點，這名女性充滿騙子氣息。

「那個……」

「雖說讓你久等了，其實久等的是我才對。初次見面。」

和環境格格不入的這名女性，裝傻般說完露出笑容，進行自我介紹。

「我是臥煙伊豆湖，無所不知的大姊姊。」

028

這間屋子當然不是臥煙登錄的戶籍住址。不可能有這種稱心如意的巧合。

正如臥煙本人所說：

「我等好久了。」

至於她等的人，當然是我們。

不用說，這句話當然讓我回想起忍野。

「哎呀~鄉下人真是親切。我說要在這裡等人，他們就說『既然這樣就吃個飯再走吧』邀我進來，搞不懂『既然這樣』是怎樣……真是的，害我都變老實了。貝木學弟大概也不會想詐騙這種地區的居民吧。」

「……這裡是哪裡？」

我一邊從村莊回到山區，一邊詢問臥煙。不，我其實想問另一件事。我應該問她為什麼知道我們會敲那間屋子的門。

「怎麼啦，阿良良木小弟，你連 iPhone 都不會用？來，你看，就是這裡，這裡。順帶一提，這裡距離你居住的那座城鎮，大約隔了兩個縣。」

「……比我想像的近……」

其實很難說。

總之搭電車就回得去，我鬆了口氣……畢竟我沒搭過飛機所以會怕，到頭來我也沒錢買機票。

「也要用安卓確認一下嗎？」

臥煙說著，從另一個口袋取出第二個手機。

「啊，這支收不到訊號，真遺憾。」

「……您有幾支手機？」

「這是智慧型手機，我有另外打電話專用的手機，合計五支。」

「…………」

臥煙說話總是令我回想起忍野，但她和那個機械白痴不同，很熟悉現代科技……搞不懂她是怎樣的人。

即使如此，真要說的話，她的風範確實像是忍野的學姊，但從外表來看，這位忍野的學姊也太年輕了……

「那、那麼，使用那個智慧型手機，就可以立刻查出回程路線吧？」

「唔~總之，順利的話，並不是做不到這種事……只要順利的話。」

我抱持希望如此詢問，臥煙卻不知為何含糊其詞。

「那個，臥煙小姐……」

「啊，免了，省略瑣碎的問候吧，彼此又不是不認識。」

她以舒暢的笑容這麼說，不過等一下，我們是初次見面。是素昧平生的陌生人。

「並非如此。先不提你的狀況，但我知道你。我說過吧？我無所不知。關於你的事情，我知道得清清楚楚。」

「…………」

「嗯，在這裡說吧。」

臥煙走到山麓時，坐在不知為何設置於此處的古老長椅。如同從一開始就知道這個地方有長椅。

她所坐的長椅完全融入景色，實際上，連剛才經過這裡的我們都沒發現。

「坐吧，聽你怎麼說。你有話要對我說吧？」

「……是的，可是，那個……」

我想開口卻說不出話，無法好好傳達內心的疑問，就這樣坐在長椅。

椅子很長，要讓八九寺橫躺完全不成問題，但斧乃木沒坐下。

她站在一旁，如同像是警戒、監視著周圍。斧乃木雖然造型可愛，但是看她這樣的一舉一動，就覺得她真的是個戰士。

「好了好了，余接，怎麼杵在那裡呢？過來吧。大家都坐著，卻只有妳一個人站著，這樣會影響氣氛吧？所以我才說怪異不識相。」

「…………」

不過，她的戰士風範對上臥煙也行不通。

「……可是，臥煙小姐……」

「總之過來吧。」

嬌憐的斧乃木即使如此依然想反駁，臥煙卻不容分說如此斷言，拉她過來。

不過，長椅在八九寺橫躺之後大致沒空間，因此斧乃木坐在臥煙的大腿上。

如同我初次見到臥煙，斧乃木似乎也初次見到臥煙……但臥煙對待斧乃木的態度比影縫還要親密。

該怎麼形容，她的個性似乎相當粗暴，會強迫他人和她要好。

相較於看似親切卻保持距離的忍野、打從一開始就不相信任何人的貝木、看見誰都滿腦子只想戰鬥的影縫等人，完全成為對比。

……話說，那三人該不會因為臥煙是這種人，個性才變得扭曲吧……

我甚至這麼認為。

「何況要是斧乃木沒地方坐，明明坐我大腿上就好，搞不懂妳在想什麼。」

「鬼哥哥，我才搞不懂你在想什麼。」

斧乃木吐槽了。

坐在臥煙大腿上的斧乃木吐我槽。

「那麼，大姊姊就說明你們應該想知道的現狀吧。我是最愛說明的臥煙姊姊。收到你們求救郵件的影縫正在工作，很遺憾她似乎陷入苦戰，進度落後，所以那傢伙無視於這封郵件。她大概認為無論發生什麼事，光靠余接也足以應付吧，別看她那樣，她對自己人信任到暴力的程度，甚至覺得這份信任害死自己人也無妨。但我早就知道光靠你們無法應付這個問題，知道光靠單獨行動的式神以及切斷連結的半吸血鬼無法應付這個問題。所以我就像這樣，當自己是英雄前來幫忙。總歸來說，就是為你們省下一番工夫，省下大約數天的時間。」

臥煙一口氣說完這段話。

她一鼓作氣說明這麼多，我只知道她是來幫忙的，但是仔細回想就發現，這位最愛說明的臥煙姊姊，並未說明各方面的事情。

我們求救的對象始終是影縫，而且這肯定是求救專用的管道，既然影縫無視於這封郵件，臥煙就不可能知道郵件內容。不只如此，那封郵件沒提到具體的內容，沒寫我們身陷的狀況……關於我與忍的連結中斷，專家看到我現在的「影子」或許可以明白，可是……

感覺她越是說明，謎團就越多。這麼一來，這個人和「闇」似乎大同小異。

但我不希望狀況更加複雜。

「嗯？怎麼啦，曆小弟，我的說明哪裡不周到嗎？要我怎麼補充都行。」

「不……」

她改為稱呼我「曆小弟」。

初遇一小時就裝熟成這樣，感覺像是沒脫鞋就毫不客氣大步闖進別人家。

笑咪咪的臥煙做出這個行為，並不會引人不快，但我終究難掩困惑之意。

「總之，既然要說明，請說明您為什麼知道我們在這裡。明明連我們都不知道那裡是何處的山區……」

「曆曆，我無所不知喔。」

「曆曆？」

居然用暱稱！

妳是和我獨處時的戰場原嗎！

「算是看透一切的千里眼吧。至於實際狀況，是我原本透過第三者委託余接的工作不知為何沒進展，我是從這一點推測的。余接為什麼沒出現在工作的地方？我調查之後發現似乎和曆曆有關……忍小妹與真宵小妹的事，我也早就知道了。」

「…………」

所以到頭來，斧乃木「延後進度」的工作和臥煙有關？

不，不對，這樣有點過於巧合。既然這樣，乾脆認定這次的「工作」打從一開始就大多和她有關，這樣似乎比較正確。

該形容為總籌嗎？臥煙或許位居掌管一切的立場。

不過看起來完全不像。

「有其他想問的嗎？」

「……我有很多事情想問……不，這都等之後再問，總之請聽我說……不對……所以聽臥煙小姐的語氣，您已經知道了嗎？您知道我們的現狀，知道我們正在應付什麼東西？」

「知道。總之，雖然我不想知道這方面的事，不過很遺憾，我連這種事都知道。傷腦筋。」

「那麼……」

「等一下。」

我想進一步詢問時，臥煙出言制止。

「我知道你們想盡早知道『闇』的真面目，總之別急。」

「就算您要我別急……」

「放心，至少現在沒有危機。」

「啊？」

「現在很安全。我敢保證。」

臥煙如此斷言。

這真的是欠缺說明，毫無說服力，缺乏邏輯的斷言，甚至令我覺得只是安撫。

但我也難以反駁。

因為這邊對於「闇」一無所知。連自己不知道什麼事情都不知道。

我們只能單方面依賴臥煙。這就是現狀。

「曆曆，你或許心想現狀只能單方面依賴臥煙姊姊，但你錯了。」

「…………」

「應該說，我想稍微改變這種狀況。我不喜歡單方面被依賴，會影響平衡。」

話中提到「平衡」這個詞。

臥煙用了這個詞。

「……意思是要我支付相應的代價？」

「嗯？代價？什麼嘛，好像咩咩會講的話。那個傢伙行事注重條理才喜歡這種說法，但我不是這樣。別把我和那種隨便的傢伙相提並論。我只是討厭單方面被依賴，所以我也希望曆曆讓我依賴。」

「讓您依賴是指……」

「意思是我們交個朋友吧。總之，我提供曆曆有益情報之前，想拜託三件事。」

臥煙說著豎起三根手指。

「想基於朋友交情拜託三件事。」

「…………」

「互助合作的精神很重要吧？啊哈哈，我和咩咩不一樣，不會冷漠認為人只能自己救自己。人們是互助合作而生活，要互助合作才活得下去。」

「……明白了。」我點頭回應。「三件事是吧，我答應。」

「哎呀，還沒聽內容就接受？可以嗎？」

「因為是朋友的委託。順帶一提……」

雖然不是裝模作樣，但我只能聳肩這麼說。

「現在的我，無論您提出什麼委託，提出三個還是一百個委託，我只能接受。」

「……看來前姬絲秀忒·雅賽蘿拉莉昂·刃下心，對你來說就是如此重要。」

「哎，也是啦。」

他人或許難以理解我與忍的關係，我也不打算說明。不過臥煙無須我說明就已經知道吧。

但她即使知道，我也不認為她可以理解。

「最重要的是現在沒時間。即使您保證我們安全，也無法保證忍的安全吧？您有什麼要求請快點說。」

「什麼嘛，是擔心那個？曆曆從那件事開始擔心，代表你真的很重視忍小妹。」

「？」

她的說法很奇怪。

從「那件事」開始擔心……聽起來好像那件事不是重點。

「如果是四百年前就算了，我想這次不是這麼回事，但要是現狀持續下去也不無可能。好，那我就趁著事情無法挽回之前趕快說吧。首先第一件事是……」

臥煙收起一根指頭說下去。

「希望你介紹某人給我，這件事也很急。如果你不肯幫忙介紹，我只能直接去找這個人，但是這麼一來，她對我的印象應該會很差，所以我希望有人引介。我認為你是適任的人選。」

「……我不認為我能介紹誰給您……因為我完全沒和他人打交道。您是說誰？」

「臥煙駿河。現在的神原駿河。」臥煙這麼說。「她是我的外甥女。」

「……啊。」

對喔，我想起來了。

就覺得臥煙這個姓氏似曾相識，原來是神原母親的姓氏。我在之前的神原左手事件聽她提過。

阿姨與外甥女的關係。

聽臥煙這麼一說，就隱約覺得臥煙和神原很像……

不，沒這個感覺。兩人一點都不像。

「……不過，既然是親戚關係，您直接去見她不就好？」

「我不是說了嗎？要是直接見她，我會給她相當不好的印象。臥煙家的血統有點複雜，而且她應該不曉得我這個人。可以的話，我也想避免和她來往，但這邊有一些難言之隱。也就是臥煙家的隱情。」

「介紹……總之，您要我介紹的話，我會介紹，但是在這之前得徵得神原同意。我不曉得血統之類的問題，但如果那個傢伙拒絕……也就是不想見『阿姨』的話，我基於立場就無法實現您的『願望』。」

「這樣就好。如果那孩子不想見我，我會想其他方法。不過，希望你別介紹我是阿姨，這樣不太方便。」

「不太方便……這也太任性吧？」

「不只因為我不方便，反倒是顧慮到駿河的想法。那麼，再來是第二個請求。」

臥煙半強硬地結束第一個請求的細節，說出第二個請求。

「這與其說是願望，應該說是互助。余接介入這個事件，因此多少影響到目前交給這孩子的工作。雖然還在能補救的範圍，卻有點麻煩，甚至得請其他專家幫忙。」

「…………」

斧乃木依然在臥煙大腿上面不改色……但我們似乎添了她天大的麻煩。

「所以我第二個請求，是希望這件事解決之後，你可以稍微幫忙這邊的工作。現在的你沒什麼好說的，但聽說和前姬絲秀忒·雅賽蘿拉莉昂·刃下心連結時的你頗為可靠，連那個余弦都難得稱讚你。」

「…………」

我當時被打得那麼慘，她還稱讚我嗎……

感覺只是那個人在開玩笑……即使不是開玩笑，我也完全不高興。

總之，既然我妨礙到斧乃木的工作，理所當然應該補償吧，不過依照至今話題的流向，就代表……

「意思是神原也要一起幫忙？所以我與我介紹的神原得幫忙您的工作？」

「不是我的工作，應該說是我們的工作。不過大致如你所說，事到如今需要駿河的『左手』協助。」

臥煙制止想繼續詢問的我，搶先回應。

「這當然端看駿河的意願。要是她不想幫忙，我會立刻打消念頭。她光是願意主動聽我說話就是很大的助力。不過曆曆，這邊絕對需要你的協助。」

「……明白了。既然這樣……」

我就只能允諾。

不過，到時和神原提這件事的時候，我得相當小心。那個傢伙對我表現莫名其妙的忠誠心，有可能沒聽詳情就答應幫忙。

『慢著，阿良良木學長，我明白了，您不用說，什麼都不用說。關於這件事，我在您拜託之前就會答應！』

大概是這種感覺。

不，那個傢伙使用的字彙不是這樣。

究竟要用何種說法，才能在請她幫忙的時候，提供她「拒絕」的選項？

「所以，第三個請求是？」

「不，第三個請求，你已經說了。就是請你也邀請駿河協助這份工作。既然你已經接受，就代表這邊也可以協助曆曆。臥煙姊姊我放心了。很高興成為你的助力。」

「這樣啊……」

就算她這麼說，我這邊也完全沒辦法放心。老實說，我明明不曉得忍的現狀，卻得像這樣坐在長椅上，我難以承受這種處境。

「那個，臥煙小姐，不好意思。既然這樣，我們可以一邊移動一邊說嗎？這是可以在搭電車時討論的話題吧？我想盡快見到忍，想見面確認她平安……」

「真催淚的搭檔情感。我也想和某人締結這樣的羈絆。」

臥煙說著露出笑容，看起來卻像是不想配合我。證據就是她完全沒起身。

看來不只是因為她抱著斧乃木。

「那個，臥煙小姐……」

我終究有些不耐煩，語氣變得有點粗魯。

「曆曆。」

臥煙似乎看出這一點，稍微提高音量叫我。

語氣雖然嚴肅，卻因為是這種脫線的暱稱，所以感覺沒那麼嚴格……

「我不把話說得太難聽，你們現在不該離開這裡。至少在聽我說完之前是如此。看來我得講明才能讓你聽懂，所以我就說吧，回到你的城鎮是最壞的選項。只有這件事千萬不能做。」

「…………？」

「只有這件事不能做，否則好不容易維持的平衡將會瓦解。即使曆曆『最終』做出何種決定，你們目前也應該留在這裡。你們以余接的『例外較多之規則』脫離版逃到如此偏僻的地方，是正確的做法。」

「……可是，我因此和忍相隔兩地。」

「你們的連結可以立刻恢復。這是你毫不猶豫答應我請求的謝禮，這一點我可以保證。因為到頭來，要是連結沒恢復，就沒辦法請曆曆協助我的工作，而且我想請忍小妹做的事情也堆積如山。」

臥煙說得相當不得要領。

「慢著，到頭來，讓忍單獨行動很危險吧？因為被盯上的是她……」

「嗯，看來應該盡早解除這個誤會。你為什麼認為是忍小妹被盯上？」

「咦？」

我不由得回問。

「這個，總之，是因為她這麼說……她抱持確信這麼說，我才這麼認為……難道不是忍被盯上？可是，依照四百年前的往事……」

「四百年前是如此，但這次不一樣。曆曆，即使當然會參考忍小妹的那番話，但如果因為上次這樣就認定這次也這樣，是頗為膚淺的推理。」

「…………」

聽她這麼說，就覺得確實如此……感覺我急於想解開真相不明的『闇』之謎，不小心就把過於簡單的推論當答案。

經驗法則始終只是一種可能性。

何況，假設忍被盯上，會是基於什麼理由？

「……說得也是，這部分或許是隨機。那個『闇』或許不在乎以誰為目標。四百年前也一樣，嚴格來說，不能斷言當時的目標是忍……」

「不，四百年前的事件確實是以忍小妹為目標的『現象』。我『知道』這件事。不過上次和這次不同。」

「臥煙小姐……」

我總覺得臥煙以花言巧語轉移話題，持續隱瞞真相，因此稍微像是糾纏逼問般，轉身面向她。

「臥煙小姐真是無所不知呢。」

「當然。」

「那麼，您當然知道這次的『現象』以誰為目標吧？」

「當然。」

我一直以為她又會以某種方式轉移話題，所以她如此斷言在我意料之外。但我在這時候驚訝大概還太早了。

真正的震撼，在後頭等著我。

「『闇』這次的目標，是疲累至極躺在那裡熟睡的孩子。」

「……咦？」

「也就是八九寺真宵小妹。」

「咦？」

029

「八……八九寺？」

「是的。所以忍小妹基本上很安全。連結中斷算是偶發意外，不過終究是傳說中的吸血鬼，運氣真好。要是運氣再好一點，曆曆在這段時間死掉，她就會恢復為全盛時期的樣子。」

我看向八九寺。

看向疲累至極熟睡的八九寺——我最要好的幽靈少女。

「原來如此。」開口的是斧乃木。「我早就覺得可能是這樣。」

「……是嗎？斧乃木？」

「總之，我大略聽姊姊說過。不過兩者都有可能。不對，坦白說，鬼哥哥也有可能。除了我以外都有可能。我是為了避免混亂才沒有多嘴，但我原本就認為可能性最高的是八九寺小姐。」

斧乃木這麼說的時候始終是面無表情，看不出任何情緒。這份徹底冷淡的態度，令我覺得這孩子果然是怪異。

是和人類有著決定性不同的某種東西。

不是能夠相互理解的對象。

「鬼哥哥，別用責備的眼神看我。在鬼哥哥昏迷的時候，我姑且稍微和八九寺提到這件事……但這只是在討論一種可能性，就機率來看，連一成都沒改變。」

「……怎麼回事？老實說，我並不是無法理解忍被盯上，因為那個傢伙至今的人生驚濤駭浪，發生任何事情都不奇怪。但八九寺並非如此吧？她身為人類十年、身為幽靈十一年，再怎麼樣也不應該被那種『闇』盯上……」

不對。等一下。

記得在那個時候，「闇」似乎是朝八九寺移動。

吞噬八九寺所躺的書桌，以八九寺為目標。

似乎是如此。

「我來回答這個問題吧。」

我自然而然質詢起斧乃木時，臥煙出言打斷。

「余接終究不清楚詳情，是間接聽說的。到頭來，余弦肯定也不是很清楚，因為那個傢伙聽我說話時只聽進一半，甚至堪稱只聽進四分之一。」

「那麼……」

我開口回應。緊張感一鼓作氣提升。

忍沒被盯上或許是好消息，但八九寺取而代之被盯上，所以狀況毫無變化。

不對，是惡化。

忍野忍即使失去力量，原本依然是戰鬥型的吸血鬼，八九寺真宵則是平凡的幽靈少女。若是同樣被盯上，前者還有方法可想。

「請告訴我關於那個『闇』的一切吧。不是一半，是一切。」

「那當然。我就是為此而來。不過依照我的人生觀，你聽完應該不是滋味吧。」

臥煙這麼說。

和忍述說四百年前往事時的開場白一樣，明顯令人預料到會是壞結局。

但是事到如今，我不能不聽。

030

「總之，余接與忍小妹應該都提過，曆曆自己應該也有感覺，那個『闇』並非怪異。是怪異以外的存在——非存在。

應該說，如同是怪異的天敵。

和怪異完全相反的東西。

忍小妹第一個眷屬擁有的刀——『怪異殺手』與『怪異救星』，也足以列入怪異的天敵，但是『闇』不只這個程度。重點在於那是不存在的非存在。

打不倒。殺不死。當然也吃不掉。

總之至少可以『逃走』……應該說『保持距離』。

但這只是『暫時性的』解決之道，很難一直逃離。曆曆肯定很清楚這一點。

遭遇過兩三次的曆曆肯定很清楚。

嗯？你說忍小妹曾經完全逃離一次？

啊啊，總之，也可以這麼說吧。既然這次的目標不是忍小妹，代表她四百年前那時候完全逃離『闇』。但只是看似如此，和真相差得遠。我很清楚這和真相差得遠。

忍小妹不是成功逃離，是成功癱瘓『闇』。

但這只是湊巧。她運氣真的很好，甚至無法以常識想像。

沒錯。

『闇』打不倒、殺不死、吃不掉又逃不走，卻可以癱瘓。

是的，我接下來會傳授這個方法，但我在某方面不願意這麼做，所以無論如何都會在最後才說出口，敬請見諒。

至少我不太能從結論說起。

名字？

名字……也對，東西都需要名字。只要存在就一定有名字。

但那是不存在的非存在。沒人能取名。

除了『闇』，大家會以自己喜歡的方式稱呼『那個東西』。見過或聽過『那個東西』的人都會如此。

例如四百年前，這個現象名為『神隱』。至於『平衡維護者』、『中立者』或是『清理者』……則是會稱為『黑洞』。

總之，看起來就是這種感覺。淺顯易懂。

也有人和你一樣將其形容為『闇』。這麼直白的形容反而沒形容任何特色，不過簡單就是美，我很激賞，再怎麼樣也不會覺得是平凡的稱呼。

但如果是我，我果然不會為那個非存在取名吧。取名是為了讓事物淺顯易懂，但無論以何種方式形容那個東西，都不會變得淺顯易懂。

不會變得淺顯易懂，或是變得簡單。

那種東西，想束縛也無從束縛。

不講理、沒條理。

那個非存在就是這麼回事。

是不存在的某個東西，以及消除存在的某個東西。

消滅怪異的某個東西。

嗯？啊，也對，即使是人類也會毫不留情消滅……不過真要說的話，那只是為了消滅怪異的路徑之一。以現代犯罪案件的方式形容，算是消滅『目擊者』吧？

我不認為那東西有這種意志就是了。

不過，確實像是殺手。

殺手的形象最為接近。但也只是接近，不會因而變得淺顯易懂。消滅怪異的殺手會鎖定對象狙殺。

四百年前是忍小妹，這次則是八九寺小妹。

這不是什麼特別的事，世界各處都會發生這種事，只是沒人察覺。

之所以沒人察覺，是因為殺手執行任務的手法過於犀利。因為一般來說，不可能逃離那個非存在的狙殺。

一般來說不可能。

那種東西突然出現在面前也來得及應付的傢伙很少見。雖說忍小妹姑且逃離，但如果不是忍小妹，身體四分之三被吞噬，即使是吸血鬼也同樣會沒命……正因為曆曆和忍小妹連結，才會選擇立刻逃離吧。這是基於搭檔的經驗。

你們的記憶沒有連結？

只要內心相連就夠了。

嗯？我聽起來像是只在說絕望的事情？或許吧，但這也是暗藏希望的事情。

你可以放心，放心吧。

即使是無所不知的我，能提供給曆曆關於『闇』的情報也很少。不是情報不足，到頭來，那個『闇』沒有情報這種東西。

『零』不能形容為不足吧？

我剛才形容為『怪異的天敵』，不過實際上，如同物質有相對的反物質，那東西也可以形容為和怪異相對的反怪異。

所以只要相互衝突，就會消滅。

我也可以說，相互衝突時消滅的並非怪異，而是那個非存在。

只是可以這麼說罷了。

無論如何，那是一旦遇見就完蛋的萬能殺手。如果殺手這個說法不夠通俗，也可以形容為死神。

不對，形容為死神就變成怪異了。那東西不是怪異。

是一種難以形容，難以說明的現象。

只能旁敲側擊。

而且也只能就這樣轉述。

至於這個殺手之所以狙殺特定怪異，並不是基於不講理或沒條理的原因，我想你聽過應該就能接受。即使無法接受，也可以理解。

因為這種非存在，在這方面非常淺顯易懂……應該說明確。

想推理就肯定能推理。

換句話說，思考忍小妹與真宵小妹的共通點就好。她們兩人的共通點、共通項目是什麼？

你思考看看吧。

……都是可愛的少女？

我對你好失望。不可能有哪個傢伙基於這種戀童癖理由襲擊怪異吧？不對，曆曆或許就是這種傢伙，但至少那東西不是。

她們具備足以被狙殺的理由。『那個東西』雖然會狙殺怪異，但是嚴格來說，是狙殺『踏入怪異歧途』的怪異。

踏入人類歧途的人會被社會排除吧？同樣的道理，踏入怪異歧途的怪異會被世界排除，以超常的力量排除。這種超常的力量，某些人可能會稱為『命運』，稱為命中註定無法避免的力量。

喜歡『命運』這個詞嗎？我很討厭。

與其使用這種詞，不如使用『超常』或『力量』這種幼稚的字眼。講得像是無所不知的人，只要有我就夠了。咩咩也經常講得像是看透一切，不過就我看來，我對那種說法不以為然。但我是因為那樣和我『不同』才會討厭。

不過，那個非存在確實展現出遵守命運、命中註定的行動。

抱歉我講得有點情緒化。

嗯？你不太懂『踏入怪異歧途』的意思？這大致就是字面上的意思啊……那麼你具體回想忍小妹四百年前做了什麼事吧。

我可以告訴你一切，卻不代表曆曆可以放棄思考。

對，沒錯。正是如此。

忍小妹在四百年前，『飾演』了神。

明明是鬼，卻飾演了神。

這是錯誤的做法。當事人似乎完全沒自覺，但這是禁忌。

慢著，我知道曆曆想說什麼。忍小妹不是自稱為神，只是旁人看到她的大跳躍著地，將她誤解為神。你想對我這麼說吧？

不過，接下來這番話不限怪異，是日常生活都用得到的道理：不努力解除誤會，等同於說謊。

『隨便他人怎麼想』、『他人怎麼想都無妨』這種態度，乍看是自由豪放值得尊重的態度，卻等同於『任何人都敢騙』。尤其在這個例子裡，忍小妹沒有刻意解除誤會……還樂於享受神的立場。

心血來潮，當成度假，假扮為神。

並不是成為神就應該受到批判。這樣只是怪異成為另一種怪異，這種事很常見。

但是，說謊是不對的。

不對的不是成為神，是謊稱為神。

因此她成為制裁的對象，這件事成為殺手狙殺她的理由。

而且，成為目標的不只是忍小妹。『目擊』到忍小姐，不是將她視為『鬼』而是視為『神』的人們也被矯正。以強橫、強硬的方式矯正。總歸來說，你們稱為『闇』的非存在，藉由將一切化為無，完成自己的『矯正』任務。

這樣你也明白忍小妹能夠『逃離』非存在的原因吧？答案很明確。因為她以大跳躍『逃』到南極之後，進行了『吸血鬼該做的行為』。

製作眷屬。

不對，她之前以反常形式恢復肉體，展露超再生特性、展露不死之身的行為，或許已經足以成為證明。

她假扮『神』的謊言因而被戳破。光是如此，非存在就失去行動理由。

現在回顧四百年前的事情也沒有意義，但如果忍小妹擔任『神』的時候會吃掉怪異，不違抗自己的吸血衝動，聚落的所有人以及那五十名專家，那附近的人恐怕都不會被『消除』吧。

啊，順帶一提，忍小妹以神的身分居住一年都沒引來『髒東西』聚集，和那個非存在沒有直接的關聯。只是因為忍小妹不是以吸血鬼的身分待在那裡。

沒人『目擊』忍小姐的吸血鬼身分，所以也瞞過『髒東西』的目光。就是如此。

如果『這些東西』聚集過來反倒是好事吧。

無論如何，一切至此完結。

目擊者被消除、證人消失、凶手的謊言被戳破。事件就此解決。

你問我自稱為神有什麼錯，為何人類得以數百人為單位陪葬，我也很為難。

這只是規則。

怪異不能偽裝自己。

小說或漫畫有一種說法是『角色擅自動起來』，在這種場合，這就是違反規則。

抱怨規則也沒用吧？我只是知道這個規則，沒有權限更改規則。

到最後，忍小妹還是接受了制裁。

不過回顧她後來的人生，我個人覺得她本次說謊受到的懲罰太重。

不對，她確實在受罰之前，在接受制裁之前勉強迴避，但她周圍對她示好的人類全部被殺，果然是一種制裁與懲罰吧。甚至令她拋棄貞操觀念。

因為假扮成神，所以遭天譴。像是諷刺的這種說法，結果居然是真的。

總之，這是已經結束的事，已經結案的事。

不提這個，現在比較重要吧？

現在的忍小妹，沒有被狙殺的理由。現在的她失去吸血鬼特性，很難發揮吸血鬼的力量，但這不是在撒謊，是她真正的實力，所以不會被非存在狙殺。

按照規則，怪異不能偽裝自己，卻可以改變自己的設定。

所以她很安全。

既然這樣，不安全的是誰……你應該明白吧？

是八九寺真宵。

是妳──騙子小妹。

先給我停止裝睡！」

031

臥煙的怒罵聲突然響遍周圍。

「咿！」

八九寺驚呼一聲，彈了起來。

不對，她應該早就起來了。

如果她正如臥煙所說，一直……至少不知從何時清醒，卻假裝還沒清醒……

如果她在裝睡，如同我摸遍她身體時那樣裝睡至今……

「啊，真宵小妹，抱歉嚇到妳了。我原本不打算大喊，但要是妳繼續裝睡，會發生一些問題。」

「…………」

八九寺維持驚訝表情沉默片刻。

「阿……」

她這麼說。

「阿良良木哥哥……」

「不要緊。」

八九寺欲言又止，我制止她說下去，並且抓住她的手。

不對，是牽起她的手。

「冷靜下來。我不曉得是怎麼回事，但總之我站在妳這邊。」

「……好的。」

八九寺點頭回應。我好想直接將她放在大腿緊抱，如同臥煙對斧乃木做的那樣。

「喂喂喂，講得好像我是敵人一樣。曆曆，還有真宵小妹，拜託饒了我吧，我也是站在你們這邊。」

臥煙笑咪咪這麼說。

她和忍野不同，這份親切的態度不會引人起疑，即使如此，我也不會坐視她當面稱呼八九寺是騙子。我不會對朋友這麼無情。

「這是怎麼回事……？八九寺這傢伙說了什麼謊？」

「你知道吧？」

「我不知道……不知道您在說什麼，也不知道現在是什麼狀況。」

雖然臥煙已大略說明，讓我知道那麼不可思議的神祕存在——『闇』的真面目，但狀況完全沒改善。

依然有許多未解之謎。感覺浪費好多時間。

早知如此，我寧願不和臥煙交談，想早點回城鎮見忍。

想見戰場原與羽川、想見火憐與月火。

至少，我不想看見這種真相。

「那我就效法不識相的名偵探，告訴你真宵小妹說的謊吧。她謊稱自己『現在』位於此處。」

「…………」

「真宵小妹，其實妳早就該『升天』了吧？」

臥煙隔著我，直接詢問八九寺。而且明明如此詢問，卻沒讓八九寺回應。

「但妳現在依然位於此處，持續如此『說謊』。謊稱妳位於此處。所以難怪會激怒他人。即使不是非存在也會生氣。」

臥煙這麼說。

「哪有說謊，我……」

八九寺開口回應。

她沒低頭，沒哽咽，面對臥煙依然維持倔強態度。

但她沒看對方的雙眼。沒有正視臥煙。

如同不正視事實。

「我沒那個意思。」

「八九寺真宵小妹，我說過，遭到誤解就是說謊。」

臥煙笑咪咪地毫不留情。

「簡單來說，現在的妳就像是『幽靈的幽靈』。很遺憾，世界不會認同這種超脫常理的設定。這種存在註定會被非存在吞噬。」

「幽靈的……幽靈……」

八九寺重複這個詞，如同要反芻嚥下。

對她來說，這個詞聽起來應該貼切至極吧。

但我依然不明就裡。

「……臥煙小姐，請說明一下。這是怎麼回事？」

「我自認已經說明結束，可以的話甚至想就此走人。但如果你要求進一步說明，我也樂意之至。我是最愛說明的臥煙姊姊。」

「…………」

「八九寺真宵是在十一年前車禍喪生的幽靈。嚴格來說，她是名為『迷牛』的蝸牛怪異。」

迷牛。

令人迷路的怪異。妨礙歸途的怪異。

令人不斷打轉，如同漩渦般迷路，永遠無法抵達目的地的怪異。

「可、可是這件事……」

「沒錯，可是這件事已經由曆曆、曆曆的女友以及半桶水咩咩解決。真宵小妹因而不再迷途。」

臥煙這麼說。

「但是，這孩子依然位於這裡。這不是謊言是什麼？」

「…………」

確實如此。

任何人應該都覺得這種狀況不對勁。

質疑是否可以如此。

本應升天的八九寺，卻一直留在城鎮上、留在路上，大家並不是沒有質疑過，卻將這個問題放在一旁。

應該說，沒將這個問題當成問題。

沒當成問題，全盤接受八九寺「晉升兩級」的說法。

因為，沒人因而困擾。

這反倒是好事，應該說是快樂的事。

在路上遇見八九寺閒聊，是很快樂的事。

所以……

「所以不能這樣。」

臥煙語氣堅定。

「如此稱心如意的事情，當然不可能被認同吧？這種亂七八糟過頭的好結局，甚至是一種偽善。世上的謊言分成好壞兩種，這我承認，我非常清楚。不過曆曆，在真相面前、在規則面前，沒有任何謊言能被原諒。」

臥煙這麼說。

「這孩子說了『我存在於這裡，並且一直和你們快樂交談』的謊言。這是不能原諒的事。」

「……為什麼不能原諒？」

「不是我不能原諒，是世界不能原諒。總之，這規則或許遲早會改變，但現在並未改變。」

「…………」

「怪異的角色定位相當嚴格，不能假裝成別的怪異，做出令人誤解的行徑。」

因為八九寺真宵始終只是迷牛。

「如果她和貝類的貝殼退化一樣，放下背包就能成為普通幽靈的話，那也無妨。她只要是迷牛，就必須讓人迷途。但她沒這麼做。得到你們拯救至今都沒這麼做。」

我曾經和八九寺一起去戰場原家。

我和八九寺在一起時，從未迷路。

她反倒是經常指引我怎麼走。

所以我一直以為八九寺不再是「迷牛」，以這種方式「看待」八九寺。

以這種方式「目擊」八九寺。

被矇騙至今。

「騙得真漂亮。但現在講這個也沒用。記得這孩子打從一開始就對曆曆說謊？」

「……不對。八九寺她……」

我握著八九寺。用力握著她的手。

「八九寺她沒對我說謊。打從一開始就從沒說謊。」

「阿良良木哥哥……」

後方傳來八九寺的細語。

但我現在沒轉身。我面對著臥煙。

「也對，說得也是。剛才是我誤會。」

臥煙輕易收回前言。

不對，她剛才那番話只是詢問。只是在徵詢我的意見。

「她說謊的對象，是她自己。」

「…………」

「總之，無論如何，這種理論、這種內心的物語，和沒有意志、不屬於自由意識的非存在無關。既然真宵小妹踏入『迷牛』的歧途，就得受到懲罰、受到制裁。」

「受到懲罰、受到制裁……怎麼這樣，可是……」

我努力試著抵抗。努力想否定臥煙的話語。

不只是現在這番話，我想證明這一切都是臥煙誤會。

「這種事沒證據吧？不能斷定被當成目標的就是八九寺……」

「因為規則沒有明文說明，判決並未公開。說到可能性，成為不上不下吸血鬼的忍小妹或曆曆，當然也可能成為目標。如同這孩子剛才所說的。」

臥煙將大腿上的斧乃木當成布偶緊抱，並且這麼說。

斧乃木依然面無表情。我看不出她的想法。

「我這樣似乎是老話重提，不過這種不上不下的狀況並非虛假。忍小妹與曆曆確實有所『變化』，你們『成為』新種類的怪異。這是一種變化、一種變質。所以聽起來似乎很假，卻不是虛假。你們忠於自己的角色定位。所以說謊的只有真宵小妹。」

「…………」

「總之……」

我面對這個事實臉色蒼白時，臥煙將手放在我的肩上。這個動作非常隨意，如同將我當成十年來的好友。

「這件事確實沒有物證，但有好幾種狀況可以證明吧？只要真宵小妹昏迷不醒，『闇』都沒追來吧？」

「咦？」

臥煙忽然指摘這一點，我的心思追不上。

不過，原來如此。如她所說。

「闇」在路口轉彎處擋在前方的時候，斧乃木以「例外較多之規則」相助的那時候，八九寺於倒地時昏迷。

這個結果，使得那個「闇」停止動作，也沒在我們以「脫離版」逃走時追來。

我們推測「闇」不擅長應付高度上的變化，雖然不曉得這個推測的正確率，不過到頭來，正確率根本不重要，「闇」單純只是沒追過來。

因為八九寺真宵的「意識」消失。

「沒錯。證據就是當她恢復意識，即使你們躲在補習班廢墟，『闇』依然一下子就出現吧？」

「……那我們後來逃進山上，也是因為她經常累到睡著，『闇』才沒追來？」

慢著，可是即使她經常在睡覺……但我也不是一直背著她啊……

在光是不動就會消耗體力的深山一起行走，在甚至不曉得該往哪裡走的山上展開逃避之旅，反覆迷路……

「啊……」

「沒錯。」

臥煙點頭回應我的驚覺。

「對，你們正在『迷路』。雖然和真宵小妹的意圖無關，但你們完全不曉得該如何回家……在這種狀況，真宵小妹堪稱盡到迷牛的本分，所以『闇』沒出現。」

「…………」

臥煙說她可以保證安全，就是這個原因吧。

「闇」不會出現在忍那裡。

也不會出現在八九寺這裡。

原來如此。所以臥煙剛才炫耀智慧型手機的時候，雖然讓我們看現在位置，卻沒告訴我們如何回去。

要是我沒有繼續「迷路」，「闇」或許會在這一瞬間出現在這裡。

……回想起來，連臥煙剛才顯示的現在位置，事到如今也不曉得是不是真的。她很可能是先提供假情報讓我混亂，以免我向村民打聽地址。

這樣的話，與其說八九寺是騙子，臥煙更是個騙子……

但我不想責備臥煙。當然也不想責備八九寺。

任何事都沒錯。任何人都沒錯。

然而，這和是非對錯無關。

在這種場合，肯定無關。

「反過來說……如果曆曆你們回到自己的城鎮、回到自己的家，真宵小妹將再度失去怪異的本分，再度違反規則，使得『闇』再度發動。我剛才說忍小妹運氣很好，但你們的運氣也不錯，令人羨慕。」

「所以……」

臥煙講得像是整件事告一段落迎接大團圓時，我向她開口……不對，是提問。

「所以，我該怎麼做？」

「啊？」

臥煙愣了一下，歪過腦袋。

絲毫不像是裝出來的，一副真的不曉得我為何這麼問的樣子。

「該怎麼做……是什麼意思？」

「沒有啦，就是……總之，那個『闇』的目標很可能是八九寺。這我明白了。」

「不，這已經不是可不可能的程度……」

「問題在於這麼一來，我們該如何應對。我們確實運氣很好，暫時以『迷路』迴避襲擊，即使如此也沒治本吧？我想知道我們該怎麼做，才能應付那個『闇』。」

「我應該已經說過吧？不對，或許沒有明講，但你聽過忍小妹的案例，肯定可以推理出方法。對吧，真宵小妹？」

臥煙這麼說。

八九寺以沉默回應。

「聽過忍的案例……可是，記得忍那時候是……」

全力逃走。

後來「放棄」原本「神」的身分。

取回吸血鬼的本分。

「……換句話說，要讓八九寺恢復為『迷牛』？」

那麼，這是唯一的結論。

停止說謊，坦白一切就好。

以怪異的身分，正當活下去就好。

「只要她像以前一樣，一直讓人迷路……」

「我不要這樣。」

八九寺回應我這番話。以自己的話語清楚回應。

「我再也不想做那種事。」

「……八九寺，可是……」

「多虧阿良良木哥哥，我再也不用做那種事，得以回到自己的家。所以我再也不會做那種事。我下定決心再也不會做那種事，下定決心說這種謊。」

「…………」

是的。

我知道八九寺身為迷牛這十一年來的心路歷程，所以不可能要求她回歸往昔。

她的狀況和吸血鬼不一樣。

我無法說得像鬼這麼無情。

可是這麼一來，就無計可施。

對這個狀況一籌莫展。

「臥、臥煙小姐，既然這樣，有沒有方法打倒那個『闇』……」

「就說了，那不是能打倒的東西。我至今刻意形容那是現象、非存在，不過坦白說，那就像是一種『法則』，如同東西只會往下掉。雖然用跳的可以在瞬間往上浮，但遲早得著地吧？無論踏腳處是湖、是海、是山都一樣。」

著地是必然的法則。

我無法駁斥臥煙這番話。

應該駁斥，卻無法駁斥。

至今未曾發生過這種事。

至今從未陷入這種束手無策的狀況。

「阿良良木哥哥，不要緊。」

此時，八九寺用力回握我的手，對我這麼說。

如同比我年長的大姊姊。

如同當時見到的那個人。

她以可靠的語氣對我開口。

「既然這樣，我有解決之道。」

「……解決之道……可是八九寺，要應付那種像是異次元的存在……根本不可能吧？那是怪異的反物質，所以連全盛時期的忍都無法應付。即使我與忍的連結恢復，即使忍野在這裡，也沒有解決之道……」

敵人是法則本身。

至今我們面對任何困難，即使做法再怎麼亂七八糟，即使動用何種祕技，依然是依循法則應付至今。

這次，我們無法這麼做。

但我們更無法破壞法則。

「沒有啦，阿良良木哥哥，所以說依照往常的做法就行了。別說只有這次無法這麼做，我們只要依循規則應付就好。」

「依循規則是指……？」

我聽不懂八九寺這番話，幾乎是鸚鵡學舌般提出疑問。

「八九寺，具體來說要怎麼應付？」

「具體來說……」

八九寺露出笑容回應。

露出絲毫不會造成不安的滿足笑容。

「我消失就行了。」

032

臥煙很乾脆地離開了。

她將自己五支手機的三個號碼告訴我，說她會等待我主動聯絡。之所以沒將五個號碼都告訴我，她說是基於防盜問題，但我不太懂。

這種事無所謂。

不，我當然會遵守承諾。我會聯絡神原、協助臥煙的工作，這部分我不會說謊。

不會說謊……

「斧乃木……妳怎麼沒一起離開？」

我如此詢問斧乃木。她從臥煙大腿上改坐在長椅上，一副置身事外的表情，但她沒有起身，而是一直坐在那裡。

如果要回去，她應該可以和臥煙一起回去。而且這樣也便於她回去工作。

「沒什麼。因為我也一樣正在『迷路』。如果我在這時候『回去』，我覺得或許『闇』會發動。」

「……這樣啊。妳人真好。」

「很難說。在這種狀況，我是八九寺小姐的『目擊者』，我沒離開的部分原因，也是考量到自己有可能被『闇』襲擊，所以不能單純說我人很好。」

斧乃木說著撇過頭去。

我不曉得她這番話的認真程度，但確實有這個可能性。只是迷牛不會讓遠離自己的人迷路，這部分或許是她白操心。

或者，她這番話只是藉口。

「……是啊，阿良良木哥哥，這不只是我的問題，也為斧乃木姊姊添了麻煩。您明白吧？因為……」

坐在另一邊的八九寺這麼說。握著我的手這麼說。

不對，八九寺已經沒握住我的手。

只是我抓住她罷了。

抓著八九寺，以免她離開。

以免八九寺消失。

「因為，『目擊』到我的不只是阿良良木哥哥啊？我『不再』是『迷牛』之後，『看見』我的人雖然不多，卻也不少。那個『闇』也會襲擊這種『目擊者』。以我們身邊的人為例，羽川姊姊就是其中之一。我不久之前才和她講過話。」

「…………」

「即使不是直接的『目擊者』，也有許多人知道我吧？像神原姊姊、千石姊姊、戰場原姊姊、火憐姊姊與月火姊姊、忍姊姊與忍野先生……斧乃木姊姊以及今天見到的臥煙小姐也是。這樣下去，或許這些人會被『吞噬』啊？」

「或許如此。」

「阿良良木哥哥，到時候就沒辦法挽回了。您要讓我和四百年前的忍姊姊一樣，留下那種回憶嗎？所以，請您放開我的手吧。」

八九寺靜靜地，如同勸誡般這麼說。

「……這種說法很卑鄙。」

「慢著，但這是事實啊……何況到頭來，這才是正確的做法。其實在五月的母親節當時，我就應該升天了，現在只像是延長賽。不對，不是延長賽，是加分關。」

換個方式來說，是拖延。

「我本來就不認為能永遠持續，這種事遲早會結束。雖然比想像中唐突……但總之就是這麼回事吧。」

小孩子說的謊，在結束時總是突然結束。

「我曾經在阿良良木哥哥家睡過，我這個謊言稍微放縱過度。尤其這次又不是基於沉重的背景或是複雜的理由……純粹只是和阿良良木哥哥聊天很快樂，我才會一直拖延沒前往另一邊。我希望這種快樂的時光永遠持續，至少希望持續到阿良良木哥哥考完大學，但是無論如何，大概無法這麼順心如意吧。這個暑假，我過得很快樂。」

「慢著……等一下，別試著做總結，別回顧往事，不會結束的。我現在就會開始思索，肯定有辦法可以從現在扭轉乾坤……」

肯定有一條能拯救所有人的路。非得要有。

沉重的背景？複雜的理由？不需要這種東西。

想和孤獨十一年的女孩多玩一下，是非得被懲罰、被制裁的事情嗎？

這種想法，哪裡違反規則？

所以肯定有某個突破點。

如果沒有，這個世界就是錯的。

「沒有突破點這種東西啦。這個世界甚至已經很善良了吧？一般來說，世界不可能容許幽靈的幽靈存在好幾個月，不可能接受這種荒唐無稽的存在。」

「怎麼這樣……可是，像這樣讓八九寺負起全責拯救大家，這種做法……」

「阿良良木哥哥，您說這什麼話？」

八九寺笑了。笑得好快樂。

「這不就是阿良良木哥哥一直做到現在的事情嗎？自己做卻不讓人做，這可行不通喔。」

「為什麼……」

八九寺始終維持開朗態度，使我甚至抱持某種憤怒情緒詢問八九寺。

「妳為什麼能這樣面不改色？我看起來確實像是一直這麼做，卻從來沒有面不改色，總是一邊忍著淚水……應該說一邊掉淚一邊奮戰。為什麼妳可以這樣毫無不安、毫無不滿……」

「要說毫無不安是假的……但我毫無不滿喔。畢竟我這段時間過得很快樂，而且之後是在天上守護阿良良木哥哥。」

「就說了，不准講這種話……」

我要說。我還沒對妳說。

我沒說夠。說得一點都不夠。

我想繼續、永遠、一直和妳說下去。

「啊，形容成『消失』不太好。阿良良木哥哥，我是要『回去』。雖然會離開，卻不是不見。」

「還不是一樣……只是用詞不同……」

八九寺肯定也打從心底不願意。

她肯定很害怕。

最初遇見那個「闇」的時候，她不就拚命逃成那樣？

不可能沒有不滿、沒有懊悔。

得依循那種不講理的規定、得受到那種沒條理的法則制裁，她不可能坦然接受。

必須被不是敵人的東西打倒，非得完成不是自己目標的事情……根本亂七八糟。

「應該說……如同忍姊姊假裝是神而引發四百年前的那個事態，這次是我假裝是浮游靈才造成這種事態，所以我得負責。」

「負責……」

「哎，我想想……總之得對阿良良木哥哥的腳踏車負責吧。」

「……那種東西，一點都……」

我說不出「無所謂」三個字。

不過，這種責任不應該塞給十歲孩子。

「雖然真的不是學忍姊姊說話，但這是我『想多玩一下』的心態造成的結果，所以我得親自好好解決。」

「照妳這麼說，我也同罪吧？因為妳聊天對象的是我，我也和妳聊得很快樂。若是妳有責任，我也……」

我也有。反倒是我的責任比較重。

因為我從八九寺身上得到快樂。

我卻在這種時候無能為力……不應該是這樣。

明明如此，為什麼我無能為力？

「鬼哥哥，適可而止吧。這樣搞不懂誰才是孩子。」

斧乃木在旁邊這麼說。一如往常置身事外般面無表情。

「別再死鴨子嘴硬了。不對，以這種狀況，應該說見了棺材還不掉淚。既然當事人說沒關係，那不就好了？」

「就是說啊，阿良良木哥哥，我都說沒關係了。」

「妳這傢伙根本不懂！」

我情不自禁大吼。如同亂發脾氣。

「別老是只顧自己，稍微為我著想吧！」

問題不在於有沒有關係，在於我不要妳消失！

「既然會變成這樣，我寧願一輩子和妳一起迷路。」

「阿良良木……哥哥……」

「啊，對喔，有這招。這樣就解決一切了。我居然沒察覺這麼簡單的事。我就這麼不再回城鎮就好。在山上或是陌生的村子，一輩子和妳一起迷路就好。這麼一來，妳就持續發揮迷牛的本分，不會造成任何問題，『闇』也不會襲擊羽川他們。總之，雖然會波及到忍，但那個傢伙原本就是旅行過生活，應該會樂於踏上這種旅程吧。」

「阿良良木哥哥……」

「對，決定了，就這麼做吧。不會造成任何問題。我是半個吸血鬼，不曉得壽命還有多長，但至少還能活一、二十年吧。有這樣的延長賽、有這樣的加分關，才能滿足妳這十一年……」

「阿良良木哥哥！」

被怒罵了。

這是我第一次被八九寺這樣怒罵。

「您說這什麼話……在我身上用掉二十年，那戰場原姊姊怎麼辦？羽川姊姊呢？還有您的兩位妹妹。別說忍姊姊本來就牽扯進來，您要怎麼對其他人交代？」

「這……總之，我會逐一檢討該怎麼做……」

「檢討也沒用，您沒辦法選擇全部。對，沒辦法像義大利紳士那樣……」

在這種狀況也想說笑的八九寺，果然是我熟悉的八九寺。

「即使是義大利紳士……也沒辦法吧？」

明明回應的我如此不可靠。

無法回答得有趣、無法回應得耐人尋味。

只能陷入悲傷情緒。

沒錯，我心裡也明白。

即使假裝不肯死心、假裝思考、假裝煩惱、假裝抱頭苦惱，依然明白這件事，依然得出結論。

沒錯，我知道。

到最後，極端來說，命運絕對無法改變。我在十一年前的世界體驗這個道理。

「阿良良木哥哥，有什麼關係呢？我們即使相離也永遠在一起，內心的回憶不會消失。我永遠陪在您身邊，兩人的羈絆永恆不朽。若阿良良木哥哥真的有難，我肯定會回來……請您用這種想法接受現實吧。」

「我哪能用這麼草率的方式接受！」

開什麼玩笑！

我甩掉八九寺的手，順勢從長椅起身。

無論如何，八九寺成功讓我放開她了。

啊啊，算了。

是我輸。

無論如何，我的口才不可能說贏這個少女。說再多也只是拌嘴，不會有結果。

所以算了。到此為止吧。

「阿良良木哥哥，到此為止吧。」

八九寺這麼說。

我沒轉頭，就這樣背對八九寺。

「和阿良良木哥哥快樂聊天的這三個月，足以彌補我獨自迷路的十一年。」

「…………」

「所以到此為止吧。謝謝您。」

後面傳來聲音。應該是八九寺從長椅起身吧。

也可能是重新背起背包。

她要走了嗎？

沒留下什麼依戀……換句話說，她真的滿足了？

八九寺真的心滿意足嗎？

既然這樣，我就不應該多說什麼。

我不認為幽靈升天是正確的方法。但只是我這麼認為。

如果世界的規則不這麼認為，而且八九寺自己不這麼認為，我就不該將自己的規則強加於人，這樣就和那個「闇」一樣。

所以，我肯定應該不要逞強，在這時候轉身以笑容送走八九寺。落淚說不定也不錯，總之要好好上演感動的別離。

應該以這種方式送她走。

至少不應該用這種賭氣、半生氣的態度……像是對「闇」、對臥煙、對斧乃木甚至對八九寺認真生氣的態度。

以這種方式別離，我肯定會後悔。

會終生遺憾。

我明知如此，卻做不到。

到最後，我即使成為半個吸血鬼，即使經歷各種怪異奇譚，我依然是個器量狹小的人類。我徹底體會這一點，體認自己是渺小的人類。

體認自己何其平凡。

甚至無法安撫一個孩子。

斧乃木說得對，這樣完全不知道誰才是孩子。

「啊，對了，阿良良木哥哥，玩最後一次那個吧，那個。」

「…………」

就算這樣，我的內心也沒有堅強、頑強到無視於八九寺的呼喚。我沉默片刻，依然沒有回頭，當成聊勝於無的抵抗。

「玩哪個？」

我簡短詢問。

「從口誤開始的那段對話。」

「……什麼嘛。」

我沒辦法真正笑出來，卻依然無法壓抑內心湧現失笑的情緒。

真是受不了妳。

連這種時候，都讓我這麼快樂。

八九寺總是令我快樂。

「那果然是故意的？」

「那當然。沒有人會那樣口誤。」

八九寺從容這麼說。

「阿良良木哥哥，來吧？這麼說來，這一集連一次都沒玩過。」

「…………」

「阿良良木哥哥，就當成對我的餞別，請務必玩一次。」

「……知道了。」

總之，她都已經叫我姓氏這麼多次，我覺得如今也沒什麼好口誤的……但要是維持現狀，我肯定無法好好送八九寺一程。

就算這麼說，基於另一種意義，我也不能像這樣鬧彆扭般送她離開。

既然這樣，至少要維持我們的風格。

以陽光、草率、幼稚、嬉鬧的道別方式，結束這部物語吧。

結束我與迷途孩子的這部物語。

真是的。她給我一個轉身的好藉口了。

這傢伙雖說是十歲少女，果然是比我年長的大姊姊。我居然被她安慰。

總之，我嘴裡再怎麼抱怨，其實內心也有點期待。

八九寺真宵這輩子最後的口誤。

不曉得她會如何口誤。

老實說，門檻正越來越高。

很抱歉，只有這次，要是妳的口誤太平凡，我會當成耳邊風不吐槽。只會正常回應「嗯，什麼？妳在叫我嗎？」這樣。

就算這麼說，要是她要特別講得太牽強，我會不發一語愣住。

過度期待或許也很過分，但這是最後一次。

我希望至少能這樣。希望她至少讓我這樣。

好！

我下定決心，鞏固心情，最重要的是鼓起幹勁，注意別展現出任何情感，緩緩轉身面向身後的八九寺。

「啾！」

本應在我身後的八九寺，不知為何位於我轉身之後的極近位置，而且不知為何位於比她身高高得多的位置。

我一轉身，我們的脣就重疊在一起。

「…………！」

「啾……——」

我嚇得整個人僵住，她品嘗我的嘴脣數秒之後，退到後方。

不，嚴格來說，後退的不是八九寺，是讓八九寺坐在肩上的斧乃木。

斧乃木讓八九寺坐在肩膀上，讓八九寺和我同高。剛才以為是背起背包的聲音，其實是八九寺坐上斧乃木肩膀的聲音。

八九寺真宵維持這個姿勢，靦腆開口。

「抱歉，我口誤。」

她臉頰泛紅。

但她絕對不是在害羞，因為她不斷流下豆大的淚珠哭泣。

臉頰、眼睛與眼角都紅通通的。

即使如此，八九寺依然掛著笑容。

八九寺直到最後都掛著笑容。

「阿良良木哥哥，我好喜歡你。」

033

「所以，接下來的後續，應該說結尾怎麼樣？」

在放學後的無人教室，扇隔著書桌和我相對而坐，深感興趣地如此詢問。

「沒怎麼樣。」

我如此回答。

語氣之所以慵懶，不只是因為說到累，應該也是因為回想起當時的事情，心情有些消沉吧。

消沉？

不，不對，沒有消沉。

八九寺將氣氛打造成不會消沉。

讓我像這樣回憶、述說那傢伙的時候，絕對不會陷入消沉、討厭的情緒。

那個幹練的製作人，打造出這樣的氣氛。

所以我現在應該只覺得說得很累，以及抱持輕易透露那傢伙事蹟的些許罪惡感。

回想起來，我這樣輕易說出一切實在很奇妙。對方即使是同一間高中的學妹，卻是剛轉學進來的女生。

忍野扇。

即使和那個專家同姓，也不構成值得信賴的理由。反倒會令我起疑才對。

「後來，八九寺順利升天，我與斧乃木小妹回到這座城鎮，依照約定協助臥煙小姐的工作。真要說的話，後者才是大事件……居然會和那個艾比所特並肩作戰……」

「忍小姐與神原學姊呢？」

「啊啊……我回到鎮上立刻和忍會合，並且恢復連結。應該說是臥煙小姐幫忙恢復的。忍現在依然在我的影子裡。那個傢伙似乎也找我找好久，但我不清楚詳情。當時我做了對不起神原的事。不對，我只是依照約定引介臥煙小姐，最後卻將她捲入那個工作……」

「這樣啊……真辛苦。我能想像。」

扇誇張地這麼說，不知為何鼓掌。

我自認並不是在說什麼值得鼓掌的感人事蹟，反倒應該是滑稽的笑話。

到最後，我什麼都沒做。

什麼事都沒做，也沒能做任何事。

就只是隨波逐流，任憑引導。

被八九寺引導，也被命運引導。

「現在我依然覺得，當時應該還有其他方法可以應付那個『闇』。既然對方是怪異以外的某種東西，如同怪異有怪異專家，或許某處也有專門應付那個東西的專家。至少我覺得八九寺太早做決定，應該多思考一下。」

「不，這是勉強安全上壘喔。忍小姐當時也是勉強安全上壘，但以她的狀況，她周遭全部出局了。相較之下，真宵小妹做決定的速度令人激賞。比起被『闇』吞噬消失，她選擇主動升天，這是非常聰明的做法，我甚至想效法。相較之下，忍小姐大概因為是不死的吸血鬼，所以有點悠哉過頭……啊！不過這只是我的推測。」

「……？嗯。」

不曉得她為何慌張補充最後一句話。

扇明明沒有身處現場，她能說的當然都是推測或猜測……

「不過，真可惜。如果八九寺小妹也和羽川學姊一樣，具備將謊言成真的力量就好了。如同將貓變成BLACK羽川那樣……呵呵，但世間沒這麼好過就是了。」

「總之，真要補充的話……關於我在短短數天和少女、女童與幼女都接吻，我終究無法承受罪惡感，所以全裸向戰場原磕頭道歉。」

「啊，不，我並不想知道這麼多……」

「讓她背負起必須原諒我的重擔，我原本覺得過意不去，但她沒原諒我，所以這部分是杞人憂天……後來她對我處以『被迫欣賞戰場原與羽川親密場面』之刑。」

「這應該是努力之後的獎賞吧？總之我聽到一段精彩事蹟了。」

扇說完離席。

「阿良良木學長，謝謝您。」

「不，我沒說什麼值得道謝的事。畢竟我說出來也覺得舒坦了些。」

我依然有種口風太鬆的罪惡感，但想到我終於能像這樣提到那傢伙的事，或許代表我內心的傷也稍微痊癒。

八九寺永遠離開的這件事，我第一個告知的對象居然不是戰場原、羽川或神原，而是來往沒多久的女高中生，我莫名覺得不可思議。

「不不不，至少讓我道個謝吧。我甚至感謝到也想吻阿良良木學長。」

「慢著，那個，我很感謝妳的心意，但我即使不是戰場原，我也不會原諒自己和十五歲以上的女性做這種事，所以還是免了。」

「一般人的價值觀應該相反吧？不過多虧這樣，包括四百年前的事情，以及四個月前的事情，我都明白失敗的原因了。早知如此，上個月千石小妹那件事，就可以處理得更為高明。」

「上個月？千石……什麼嘛，妳知道千石的事？」

「啊，不不不，完全不知道。那個，就是……阿良良木學長剛才不就提到嗎？提到上個月有個女生發生大事……」

「…………」

我有提到？提到千石的事？

而且這麼輕易就提及？

提及那個傢伙現在的狀況？

「總之，這麼一來，我就大致掌握這座城鎮的狀況了。阿良良木曆、羽川翼、戰場原黑儀、神原駿河、千石撫子、阿良良木火憐與阿良良木月火……喔，還有沼地蠟花。不過關於八九寺真宵，既然在那之後確實不見、確實離開，那就可以省略。」

「……?小扇，妳剛才說什麼？」

「不不不，阿良良木學長，小扇剛才沒說什麼。那麼，我還有各種工作要忙，今天就到這裡了，告辭。」

今天就到這裡。

扇講得像是之後還會和我來往很久，準備離開教室。仔細想想，她是一年級，雖然現在無人，她卻光明正大進入三年級的教室，看來她看似纖瘦，神經卻意外大條。

「小扇，妳要忙什麼工作？」

留住正要離開的扇也不太對，但她這句話不太適合剛轉學的高一學生，我很在意這一點，所以如此詢問。

「到頭來，直江津高中禁止打工啊？」

「啊，雖說是工作，卻不是外出賺錢的那種工作。是家業啦，家業。是我們家系代代相傳，所謂的傳統事業。」

「……所以是和忍野相同的工作?身為專家——平衡維護者的工作？」

「啊，不不不，咩咩叔叔是我們家的逆子。我喜歡咩咩叔叔，卻是很聽父母教誨的好孩子。」

「這樣啊……」

哎，我也不認為忍野能夠和父母、親戚或家系相處融洽。

「那麼是哪種工作？」

「平凡的工作。比方說，如同壓倒性占據大半宇宙的黑暗，是隨處可見的工作。矯正錯誤的事物、終結該結束的事物。勉強來說的話，就是懲罰騙子的工作。」

「…………？」

那是怎樣？

無論她比方說還是勉強來說，我也完全聽不懂。

「您就想像成不允許拖延，宣判終結的使者吧。總之您遲早會明白，請放心吧。畢竟今後或許會請阿良良木學長幫忙……告辭！」

扇說完就充滿活力離開教室。如今我獨自留在放學後的教室。

「……總覺得大家都留下我離開了。有種被拋下的感覺。」

我如此低語，但實際上當然不是這樣。這種感傷的低語甚至騙不了我自己。

並不是我被拋下。

只是我沒有前進。

不知從何時開始，我有種原地踏步的感覺。明明覺得有些事情非做不可，卻老是在管別人的事，導致自己的人生沒有進展。

準備升學考試的進度也不是很順利。

經常覺得忽略某種非常重要的事物，總是靜不下心。尤其發生千石那件事之後，我做什麼都無法專心。

感覺自己盡是思考一些思考也沒用的事情，放棄一些不該放棄的事情。甚至失去為此悲傷的心情。

我有這種感覺。有這種多心的感覺。

「感覺在各方面都不足……像是某人在某方面精心擺了我一道……如同我至今努力對大家隱瞞的事、順利處理的事、默認帶過的各種事，都如同翻箱倒櫃一樣，逐一拿出來徹底盤查……」

「汝這位大爺。」

此時，影子傳出聲音。

對喔，我不是孤單一人。

這傢伙在我的影子裡。

這裡是學校，她終究沒現身，我卻清楚聽得見她的聲音。

「我想汝這位大爺應該知道，那個女人大概是『那個』。」

「……嗯，說得也是，或許吧。」

「什麼嘛，原來汝這位大爺早就知道？」

「不，我幾乎什麼都不知道。我好想知道一切。」

我說完起身離席。

「總之，八九寺消失的這件事，得繼續瞞著大家。就看我只對小扇透露這件事之後，會造成什麼樣的影響吧。」

「喔，什麼嘛，想說汝這位大爺口風真鬆，原來是這種戰略？還是事後想到的？所以要保密多久？」

「不知道，得等到出現某些結果。也得讓斧乃木保密才行。羽川或許輕易就會看穿，總之繼續假裝八九寺依然待在這座城鎮吧。」

「……汝這位大爺對此沒有依戀？」

忍這麼說。

「到最後，只是汝這位大爺不想承認那個姑娘已經消失吧？只是如同父母幫早夭之子過生日，假裝那姑娘依然在世間吧？」

「…………」

我不發一語。

「要是說這種謊，將會輕易被『闇』吞噬喔。」

忍如此警告。

我露出苦笑。

「不會那樣的。」

好啦，我沒理由一直待在教室。得趕快回家準備升學考試才行。該做的事情堆積如山，但這是當下該做的事。

我拿起書包回家。

踏上歸途。

踏上再也見不到任何人的歸途。

我忽然想到一件事。

啊啊，這麼說來，四個月前的那一天，我和八九寺離別時，並沒有說那句話。事到如今才察覺這件事，我還真是脫線。

雖然事到如今或許太遲，但太遲不構成任何理由。我決定好好對自己的心思做個了斷。

我回想起背著背包的雙馬尾少女，回想起總是充滿活力的那個女孩，回想起至今依然像是隨時就在面前的小小好友，說出這句話。

「再見。」

八九寺真宵。

能夠遇見妳，我很幸福。

後記

回想起來，我至今也寫了不少後記，甚至覺得光是後記就可以整理成一本書，但應該很難如願吧（那當然）。話是如此，回顧光是後記就累積此等分量的歷程，就覺得發生各式各樣的事。但記憶也相當模糊不清。可以說是模糊不清，也可以說是我的記憶相當馬虎。要是不怕誤會直接明講，與其形容為「各式各樣」，形容為「真真假假」或許比較正確……甚至沒有「只記得好事不記得壞事」的感覺，而是如果發生討厭的事情而消沉，就真的將這種討厭的事情當成沒發生過，當成昨天做的夢。如果我的記憶正確，這部《物語》系列是為了對抗來自宇宙的邪惡組織而寫，但是連這段正確的記憶，也可能出乎意料不可靠。信念、個性、才華與能力，都會更迭、變化，有時結束、有時開始，那麼這個世上有什麼東西是確實存在的？試著這麼想就會發現這種東西不存在。既然世界是以人們的「認知」成立，那麼一切都是不確定的存在。反過來說，要是將一切「認知」為「確實存在」，世界就只是確實的存在。這樣聽起來像是在瞞騙？那麼別認知這是瞞騙就好。我不清楚就是了。

就這樣，雖然《物語》系列已經出到不曉得是第幾集，不過本集是大約第十一集的《鬼物語》。終於有「人」消失了。內容大致是這種感覺。但也感覺是半個吸血鬼的阿良良木和一群小女孩鬼混的故事……這是什麼小說？說到敘事者的問題，由女生敘事時大多比較正經，所以阿良良木看起來莫名不正經，這是相當大的問題。我認為他是以自己的正經態度敘事就是了……這麼說來，記得我在上一集的後記寫到，這一集會揭開補習班廢墟失火的真相，寫完卻發現和這場火災沒什麼關係。我由衷祈禱這段記憶是我記錯。就這樣，以上是《鬼物語　第忍話：忍．時光》。

忍野忍是繼《傷物語》之後第二次在插圖亮相。金髮金眼的設計果然很華麗。非常感謝VOFAN老師。最後一集《戀物語》的封面，也順勢請您多多關照。

我很想把這部物語獻給心愛的角色八九寺真宵，反正那個傢伙不會收下吧。

西尾維新

作者介紹

西尾維新 (NISIO ISIN)

1981 年出生，以第 23 屆梅菲斯特獎得獎作品《斬首循環》開始的《戲言》系列於 2005 年完結，近期作品有《囮物語》、《難民偵探》、《少女不完美》等等。

Illustration

VOFAN

1980 年出生，代表作品為詩畫集《Colorful Dreams》，在臺灣版《電玩通》擔任封面繪製，2005 年由《FAUST Vol.6》在日本出道，2006 年起為本作品《物語》系列繪製封面與插圖。

譯者

哈泥蛙

專職譯者。語無倫次的特性眾所皆知，最新的例子是「翻完這本書，發現自己原來連幼女也可以」。可以怎樣？

書盒子

鬼物語

（原名：鬼物語）

作者／西尾維新　插畫／VOFAN　譯者／張鈞堯
執行長／陳君平　榮譽發行人／黃鎮隆
協理／洪琇菁　國際版權／黃令歡、梁名儀
執行編輯／呂尚燁　美術主編／李政儀
企劃宣傳／陳品萱
出版／城邦文化事業股份有限公司　尖端出版
台北市中山區民生東路二段一四一號十樓
電話：（〇二）二五〇〇七六〇〇　傳真：（〇二）二五〇〇二六八三
E-mail：7novels@mail2.spp.com.tw
發行／英屬蓋曼群島商家庭傳媒股份有限公司城邦分公司　尖端出版
台北市中山區民生東路二段一四一號十樓
電話：（〇二）二五〇〇—七六〇〇（代表號）
傳真：（〇二）二五〇〇—一九七九
中彰投以北經銷／楨彥有限公司
（含宜花東）電話：（〇二）八九一九—三三六九
傳真：（〇二）八九一四—五五二四
雲嘉經銷／智豐圖書股份有限公司　嘉義公司
電話：（〇五）二三三—三八五二
傳真：（〇五）二三三—三八六三
南部經銷／智豐圖書股份有限公司　高雄公司
電話：（〇七）三七三—〇〇七九
傳真：（〇七）三七三—〇〇八七
一代匯集／香港九龍旺角塘尾道六十四號龍駒企業大廈十樓B&D室
電話：（八五二）二七八三—八一〇二
傳真：（八五二）二七八二—一五二九
馬新經銷／城邦（馬新）出版集團　Cite(M)Sdn.Bhd.
E-mail：Cite@cite.com.my
法律顧問／王子文律師　元禾法律事務所
台北市羅斯福路三段三十七號十五樓
二〇一四年一月一版一刷
二〇二三年五月一版四刷

■中文版■

郵購注意事項：
1. 填妥劃撥單資料：帳號：50003021戶名：英屬蓋曼群島商家庭傳媒(股)公司城邦分公司。2. 通信欄內註明訂購書名與冊數。3. 劃撥金額低於500元，請加附掛號郵資50元。如劃撥日起 10～14日，仍未收到書時，請洽劃撥組。劃撥專線TEL：(03) 312-4212 ・ FAX：(03) 322-4621。E-mail：marketing@spp.com.tw

國家圖書館出版品預行編目資料

鬼物語 / 西尾維新 著; 張鈞堯 譯.
—1版.—臺北市：尖端出版，2014.01
面 ； 公分.—(書盒子)
譯自：鬼物語
ISBN 978-957-10-5495-7(平裝)

861.57　　102024780